河出文庫

現代語訳
徒然草

吉田兼好
佐藤春夫 訳

河出書房新社

目次

現代語訳

徒然草

序（1）

鬱屈《うっくつ》のあまり一日じゅう硯《すずり》にむかって、心のなかを浮かび過ぎるとりとめもない考えをあれこれと書きつけてみたが、変に気違いじみたものである。

一

何はさて、この世に生まれ出たからには、望ましいこともたくさんあるものである。

帝《みかど》の御位《みくらい》はこのうえなく畏《おそ》れ多い。皇室の一族の方々は末のほうのお方《かた》でさえ、人間の種族ではあらせられないのだから尊い。第一の官位を得ている人のおんありさまは申すにおよばない。普通の人でも、舎人《とねり》（貴人に仕える下級の官人）を従者に賜《たま》わるほどの身分になると、たいしたものである。その子や孫ぐらいまでは、落ちぶれてしまっていても活気のあるものである。それ以下の身分になると、分相応に、時運にめぐまれて得意げなのも、当人だけはえらいつもりでいもしようが、つまらぬものである。

法師《ほうし》ほど、うらやましくないものはあるまい。「他人には木の端《はし》か何かのように思われる」と清少納言《せいしょうなごん》の書いているのも、まことにもっともなことである。世間の評判が高ければ高いほど、えらいもののようには思えなくなる。高僧増《ぞう》賀《が》(2)が言ったように、名誉のわずらわしさに仏の御教《みおし》えにもかなわぬような気がする。しんからの世捨人《よすてびと》ならば、それはそれで、かくもありたいと思うような人がありもしよう。

人は容貌《ようぼう》や風采《ふうさい》のすぐれたのにだけは、なりたいものである。口をきいたところも聞き苦しからず、愛敬《あいきょう》があって、おしゃべりでない相手ならばいつでも対座していたい。りっぱな様子の人が、話をしてみると気のきかない性根《しょうね》があらわれるなどは無念なものである。

身分や風采《ふうさい》などは生まれつきのものではあろう。心ならば賢いのを一段と賢くならせることもできないではあるまい。風采や性質のよい人でも、才気がないというのは、品位も落ち、風采のいやな人にさえ無視されるようでは生きがいもない。

得ておきたいのは真の学問、文学や音楽の技倆《ぎりょう》。また古い典礼《てんれい》に明るく、朝廷の儀式や作法《さほう》について人の手本になれるようならば、たいしたりっぱなものであろう。筆跡なども見苦しからず、すらすらと文を書き、声おもしろく歌の拍子《ひょうし》を取ることもでき、ことわりたいような様子をしながらも酒も飲めるというようなのが、男としてはいい。

二

昔の聖代《せいだい》の政治を念とせず、民《たみ》の困苦も国の疲労をもかえりみず、すべてに豪華をつくして得意げに、あたりを狭しとふるまっているのを見ると、腹立たしく無思慮なと感ぜられるものである。

「衣冠《いかん》から馬、車にいたるまでみな、あり合わせのものを用いたがいい、華美《かび》を求めてはならない」とは、藤原師輔公《ふじわらのもろすけ》の遺誡《ゆいかい》(3)にもある。順徳院《じゅんとくいん》（順徳天皇。在位一二一〇～一二二一）が宮中のことをお書きあそばされた禁秘抄《きんぴしょう》にも「臣下から献上される品は、そまつなのをよいとしなくてはならぬ」とある。

三

万事に傑出《けっしゅつ》していても、恋愛の趣《おもむき》を解しない男は物足りない。玉で作られた杯《さかずき》に底がないような心もちのするものである。露《つゆ》や霜《しも》に濡《ぬ》れながら、当所《あてど》もなくうろつき歩いて、親の意見も世間の非難をもはばかっているだけの余裕がないほど、あちらにもこちらにも心定まらず苦しみながら、それでいてひとり寝の時が多く、寝ても熟睡の得られるというときもないというようなのが、おもしろいのである。そうかといって、まるで恋に溺《おぼ》れきっているというのではなく、女にも軽蔑《けいべつ》されているというのでないのが、理想的なところである。

四

死後のことをいつも心に忘れずに、仏教の素養などがあるのが奥ゆかしい。

五

不運にも憂《うれ》いに沈んでいる人が髪などを剃《そ》って、世をつまらぬものと思いきったというのよりは、住んでいるのかいないのかと見えるように門を閉じて、世に求めることがあるでもなく日を送っている。

というほうに自分は賛成する。

顕基中納言《あきもとのちゅうなごん》（源顕基）が「罪無くて配所《はいしょ》の月が見たい」と言った言葉の味も、なるほどと思い当たるであろう。

六

わが身の富貴《ふうき》と、貧賤《ひんせん》とにはかかわらず、子というものはなくてありたい。

前《さき》の中書王《ちゅうしょおう》兼明《かねあきら》親王（醍醐《だいご》天皇の皇子）も、九条《くじょう》の伊通《これみち》太政大臣《だじょう》（藤原伊通）、花園《はなぞの》の有仁《ありひと》左大臣（源有仁）など、みな血統のないのを希望された。染殿《そめどの》の良房《よしふさ》太政大臣（藤原良房）に「子孫のなかったのはよい。末裔《まつえい》の振るわぬのは困ることである」と大鑑《おおかがみ》の作者も言っている。聖徳太子が御在世中にお墓をお作らせなされたときも「ここを切り取ってしまえ、あそこも除いたほうがいい。子孫をなくしようと思うからである」と仰《おお》せられたとやら。

七

あだし野の露《つゆ》が消ゆることもなく、鳥部山《とりべやま》（現在の京都市東山区嵯峨にあった墓地）に立つ煙が消えもせずに、人の命が常住不断のものであったならば、物のあわれというものもありそうもない。人の世は無常なのがけっこうなのである。

生命《いのち》のあるものを見るのに人間ほど長いのはない。かげろうの夕べを待つばかりなのや、夏の蟬《せみ》の春や秋を知らないのさえもあるのである。よくよく一年を暮らしてみただけでも、このうえもなく、悠久《ゆうきゅう》である！

飽かず惜しいと思ったら、千年を過ごしたところで一夜の夢の心地であろう。いつまでも住み果たせられぬ世の中に、見にくい姿になるのを待ち得ても、なんの足しにもなろうか。長生きすれば恥が多いだけのものである。せいぜい四十に足らぬほどで死ぬのがころ合いでもあろうか。

その時期を過ぎてしまったら、容貌《ようぼう》を愧《は》じる心もなく、ただ社会の表面に出しゃばることばかり考え、夕日の落ちてゆくのを見ては子孫のかわいさに、(4)ますます栄えてゆく日に会おうと生命の欲望を逞《たくま》しくして、いちずに世情を貪《むさぼ》る心ばかりが深くなって、美しい感情も忘れがちになってゆきそうなのがあさましい。

八

人間の心を惑《まど》わすものは、色情《しきじょう》に越すものがない。人間の心というものは、ばかばかしいものだなあ。匂《にお》いなどは、仮りのものでちょっとのあいだ着物にたき込めてあるものとは承知のうえでも、えも言われぬ匂いなどにはかならず心を鳴りひびかせるものである。

久米《くめ》の仙人が、洗濯《せんたく》していた女の脛《はぎ》の白いのを見て通力《つうりき》を失ったというのは（『今昔物語集』巻第十一にある）、まことに手足の膚《はだ》の美しく肥《こ》え太っていたので、外《ほか》の色気ではないのだけに、ありそうなことではある。

九

女は髪の毛のよいのが、格別に、男の目につくものである。人柄や心がけなどは、ものを言っている様子などで物を隔《へだ》てていてもわかる。ただそこにいるというだけのことで、男の心を惑《まど》わすこともできるものである。一般に女が心を許す間がらになってからも、満足に眠ることもせず、身の苦労をもいとわず、堪《た》えられそうにもないことによく我慢《がまん》しているのは、ただ容色《ようしょく》愛情を気づかうためである。実に愛着の道は根ざし深く植えられ、その源《みなもと》の遠く錯綜《さくそう》したものである。色《しき》、声《しょう》、香《か》、味《み》、触《しょく》、法《ほう》の六塵《ろくじん》の楽欲《ぎょうよく》（欲望）も多い。これらはみな容易に心からたち切ることもできないではないが、ただそのなかの一つ恋愛の執着の押さえ難《がた》いのは、老人も青年も知者も愚者もみな一ようのように見受けられる。それ故《ゆえ》、女の髪筋で作った綱《つな》には大象《だいぞう》もつながれ、女のはいた下駄《げた》でこしらえた笛を吹くと、秋山の鹿《しか》もきっと寄って来ると言い伝えられている。みずから戒《いまし》めて恐れつつしまなければならないのは、この誘惑である。

一〇

住居《すまい》の身分に相応なのは、うき世の仮りの宿りではあるがと思いながらも、楽しいものである。

身分のある人がゆったりと住んでいるところへは、照らし入る月光までが、いっそうおちついて見えるものである。現代的に華美ではないが、植込みの木々が古色を帯《お》びて、天然に生《お》い茂った庭の草も趣《おもむき》をそえて縁側や透垣《すいがい》（竹や木で作った隙間《すきま》のある垣）の配置《はいち》もおもしろく、座敷の内のおき道具類も古風なところがあって親しみ多いが奥ゆかしく思われる。多くの細工人《さいく》がくふうを凝《こ》らしてりっぱに仕上げた唐土《もろこし》（中国）やわが国の珍奇なものを並べ立てておき、庭の植込みにまでも自然のままではなく人工的に作り上げたのは、見た目にも窮屈《きゅうくつ》に、苦痛を感じさせる。これほどにしたところで、どれほど長いあいだ住んでいられるというものだろうか。また、またたくひまに火になってしまわないともかぎらない。と一見してそんなことも考えさせられる。たいていのことは住居から推《お》して想像してみることもできる。後徳大寺《ごとくだいじ》の大臣実定卿《さねさだきょう》（藤原実定・祖父の実能《さねよし》から徳大寺家と呼ばれる）が自邸の正殿《せいでん》の屋根に鳶《とび》を止まらせまいと縄《なわ》の張られているのを見た西行《さいぎょう》が、鳶《とび》が止まったってなんの悪いこともあるまいに、この邸《やしき》の主《あるじ》の大臣が心というのはこれほどのものであったのか。と言って、その後はこの殿には伺《うかが》わなかったと聞きおよんでいるが、綾小路《あやのこうじ》の宮（性恵《しょうえ》法親王。亀山天皇の皇子）のお住まいしていらせられる小坂殿《こさかどの》（比叡山延暦寺別院の妙法院内の一院）の棟《むね》に、あるとき縄の引かれていることがあったので、西行の話も思い出されたものであったが、実は烏《からす》がたくさん来て、池の蛙《かえる》の喰《た》べられるのを宮様がかわいそうに思召《おぼしめ》されたからであると人が話したので、これはまたけっこうなと感ぜられたことであった。徳大寺にも、なにか事情があったかもしれない。

一一

十月のころ、栗栖野《くるすの》（現在の京都市山科《やましな》の一部）という所を過ぎてある山里へたずね入ったことがあったが、奥深い苔《こけ》の細道を踏みわけて行ってみると、心細い有様《ありさま》に住んでいる小家があった。木の葉に埋もれた筧《かけひ》（泉などから水を引く樋《とい》）の滴《したたり》ぐらいよりほかは訪れる人とてもなかろう。閼伽棚《あかだな》（仏前に供える水の器を置く棚）に菊紅葉《きくもみじ》などを折り散らしているのは、これでも住んでる人があるからであろう。こんなふうにしてでも生活できるものであると、感心していると、向こうの庭のほうに大きな蜜柑《みかん》の木の、枝もたわむばかりに実のなっているのがあって、それに厳重に柵《さく》をめぐらしてあるのであった。すこし興《きょう》がさめて、こんな木がなければよかったのになあと思った。

三

同じ心を持った人としんみり話をして、おもしろいことや、世のなかの無常なことなどを隔《へだ》てなく語り慰《なぐさ》め合ってこそうれしいわけであるが、同じ心の人などがあるはずもないから、すこしも意見の相違がないように対話をしていたならば、ひとりでいるような退屈な心もちがあるであろう。

双方言いたいだけをなるほどと思って聞いてこそ、かいもあるものであるから、すこしばかりは違ったところのある人であってこそ、自分はそう思われないと反対をしたり、こういうわけだからこうだなどと述べ合ったりしたなら、退屈も紛《まぎ》れそうに思うのに、事実としてはすこしく意見の相違した人とは、つまらぬ雑談でもしているあいだはともかく、本気に心の友としてみるとたいへん考え方がくい違っているところが出てくるのは、なさけないことである。

一三

ひとり灯下《とうか》に書物をひろげて見も知らぬ時代の人を友とするのが、このうえもない楽しいことではある。書ならば文選《もんぜん》（昭明太子撰。周から梁時代の詩文をまとめたもの）などの心に訴えるところの多い巻々、白氏文集《はくしもんじゅう》（唐の詩人・白楽天の詩文集）、老子《ろうし》の言説、荘子《そうし》の南華真経《なんかしんぎょう》（『荘子』のこと）だとか、わが国の学者たちの著書も、古い時代のものには心にふれることどもが多い。

一四

和歌となると一だんと興味の深いものである、下賤《げせん》な樵夫《きこり》の仕事も、歌に詠《よ》んでみると趣味があるし、恐ろしい猪《いのしし》なども、臥猪《ふすい》の床《とこ》などと言うと優美に感じられる。ちかごろの歌は気のきいたところがあると思われるのはあるが、古い時代の歌のように、なにとなく言外に、心に訴え心に魅惑《みわく》を感じさせるのはない。貫之《つらゆき》（紀貫之）が「糸による物ならなくに(5)」と詠《よ》んだ歌は、古今集の中でも歌屑《うたくず》（つまらない歌）だとか言い伝えられているが、現代の人に詠める作風とは思えない。その時の歌には風情《ふぜい》も句法もこんな種類のものが多い。この歌に限って、こう貶《おと》しめられているのも合点《がてん》がゆかぬ。源氏物語には「ものとはなしに(6)」と書いてはいる。新古今では、「残る松さへ峰にさびしき(7)」という歌をさして歌屑にしているのは、なるほどいくぶん雑なところがあるかもしれない。けれどもこの歌だって合評のときにはよろしいという評決があって、あとで後鳥羽院《ごとばいん》からもわざわざ感心したとの仰《おお》せがあったと家長《いえなが》（源家長）の日記に書いてある。

歌の道だけは昔と変わってはいないなどというが、はたしてどうか。今も歌に詠み合っている同じ詞《ことば》なり、名勝地でも、古人の詠んだのは全然同じものではない。わかりやすく、すらすらと、姿も上品で、実感も多い。梁塵秘抄《りょうじんひしょう》（後白河上皇の撰になる歌謡集）の謡《うた》い物《もの》の歌詞は、また格別に実感に富んでいるように思う。昔の人は、出まかせのような言葉のはしまでもどうしてこうも、みなりっぱに聞こえるものであろうか。

一五

どこにもせよ、しばらく旅行に出るということは目の覚《さ》めるような心もちのするものである。その地方をあちらこちらと見物してまわり、田舎臭《いなかくさ》いところ、山里などは、はなはだ珍しいことが多い。都の留守宅《るすたく》へ伝手《つて》を求めて手紙を送るにしても、あれとこれとをいい、ついでを心がけておけなどと言ってやるのも、楽しい。こんな場合などにあって何かとよく気のつくものである。手回りの品なども良い品はいっそう良く感ぜられ、働きのある人物はふだんよりはいっそう引き立って見える。寺や社などに知らぬ顔をしてお籠《こも》りをしているなどもおもしろいものである。

一六

神楽《かぐら》というものは活気もあり、趣味の多いものである。一般の音楽では、笛、ひちりき（竹の笛の一種）が好《よ》い。常に聞きたいと思うものは琵琶《びわ》と和琴《わごん》とである。

一七

山寺に引《ひ》き籠《こも》っていて仏に仕《つか》えているのこそ、退屈もせず、心の濁《にご》りも洗い清められる気のするものである。

一八

人はわが身の節度をよく守って、驕《おご》りを打ち払い、財《ざい》を持たず、世間に執《しゅう》着《ちゃく》しないのがりっぱである。昔から賢い人で富んでいたという例は、はなはだ少ない。

中国の許由《きょゆう》という人は身に着けたたくわえは何一つなく、水をさえ手で飲んでいたのを見たので、人が瓢簞《ひょうたん》を与えたところ、あるとき木の枝にかけておいたのが風に吹かれて音を立てるので騒々しいと言って捨てた。ふたたび手で掬《すく》い上げて水を飲んだ。どんなにか心の中がさっぱりしていたものであったろうか。また孫晨《そんしん》という人は冬、夜着《やぎ》がなくて藁《わら》が一束《たば》あったのを、夜になるとそのなかにもぐりこみ、朝になると丸めてしまっておいた。中国の人はこれをりっぱなことに思ったればこそ、書き記して後世に伝えたのであろう。こんな人があっても日本でなら話にも伝えられまい。

一九

季節の移り変わりこそ、何かにつけて興《きょう》の深いものではある。感情を動かすのは秋が第一であるとはだれしも言うけれども、それはそれでいいとして、もういっそう心に活気の出るものは、春の景色《けしき》でもあろう。鳥の声などは、とくに早く春の感情をあらわし、のどかな日ざしに、垣根《かきね》の草が萌《も》えはじめる時分から、いくぶんと春の趣《おもむき》ふかく霞《かすみ》も立ちなびいて、花もおいおいと目につきやすくなるころになるというのに、おりから西風がつづいて心おちつく間《ま》もなく花は散ってしまう。青葉のころになるまでなにかにつけて心をなやますことが多い。花たちばなはいまさらでもなく知られているが、梅の匂《にお》いにはひとしお過ぎ去ったことどもが思いかえされて恋しい思いがする。山吹《やまぶき》の清楚《せいそ》なのや藤《ふじ》の心細い有様《ありさま》をしたのなど、すべて春には注意せずにいられないような事象が多い。

仏生会《ぶっしょうえ》（釈迦《しゃか》の誕生日の行事。陰暦四月八日）のころ、加茂《かも》（京都・賀茂神社のこと）のお祭のころ、若葉の梢《こずえ》がすずしげに茂ってゆく時分こそ、人の世のあわれが身にしみて、人の恋しさも増すものであると仰《おお》せられた方があったが、まったくそのとおりである。五月あやめの節句《せっく》のころ、田植の時節に水鶏《くいな》の戸をたたくように鳴くのも心細くないことがあろうか。六月になって、賤《いや》しい小家に夕顔の白く見えて蚊遣火《かやりび》のくすぶっているのも趣がある。六月の大祓《おおはらい》（六月と十二月に宮中や神社で行なわれる神事）もまたよい。七夕《たなばた》を祭るのはにぎやかに優美である。おいおい夜寒《よさむ》になってきて雁《かり》が鳴き渡るころ、萩《はぎ》の下葉《したば》が赤味を帯《お》びる時分、早稲田《わせだ》を刈《か》り乾《ほ》すなど、さまざまな興味は秋に限って多い。野分《のわき》（秋から冬の暴風）の朝というものが趣の多いものである。言いつづけてくると、すべて、源氏物語や枕草子などで陳腐《ちんぷ》になってはいるけれど、同じことだから言い出さないという気にもならない。思うところは言ってしまわないと気もちが悪いから、筆にまかせた。つまらぬ遊びごとで破《やぶ》き捨てるつもりのものだから、人が見るはずもあるまい。

さて冬枯れの景色というものは、秋にくらべてたいして劣るまいと思われる。水際《みずぎわ》の草には紅葉《もみじ》が散りとまって、霜《しも》のまっ白においている朝、庭にひいた流れから煙のような気が立ちのぼっているのなどは、わけておもしろい。

年の暮れの押し迫って、だれも彼もみな忙しがっているころがまた、このうえなく人の心を引くものである。すさまじいものと決めてしまって見る人もない月が寒く澄みきっている二十日過ぎの空こそ、心細いものではある。おん仏《ぶつ》名会《みょうえ》（十二月十九～二十一日の宮中の仏事）だの荷前《のさき》の使《つかい》(8)が立つなど、趣味深く尊いものである。こんなお儀式がいくつも、春を迎える忙しさのなかにかさねがさね取り行なわれる様子が、すばらしい。

追儺《ついな》から四方拝《しほうはい》（それぞれ、十二月末日と元日の宮中の行事）につづいてゆくのがおもしろい。つごもりの夜はたいそう暗いのを、松明《たいまつ》などともして人の家をたずねて歩き回り、なんだか知らないがぎょうぎょうしくわめき立て、足も地につかぬかとばかり急ぐが、夜明け方になると、さすがに、物音がなくなって世間がひっそりする。一年の名残《なご》りかと心ぼそくもある。死人の来る夜というので魂を祭る風習はこのごろでは都ではしなくなったのに、関東ではまだしていたのは、奥ゆかしかった。こんなふうに一夜が明けてゆく空の景色は昨日と変わっているところもないのに、なんだか新鮮に貴重な感じがする。大路《おおじ》の有様は松飾りをして行き交う人もはなやかに飾り、うれしげに見えるのがまたおもしろい。

二〇

何某《なにがし》とやらいった世捨人《よすてびと》が、この世の足手まといも持たない自分にとっては、ただ空の見納めがこころ残りであると言ったのは、なるほどそう感じられたであろう。

二

すべてのことは、月を見るにつけて慰《なぐさ》められるものである。ある人が月ほどおもしろいものはあるまいと言ったところが、別の一人が露《つゆ》こそ風情《ふぜい》が多いと抗議を出したのは愉快である。折《おり》にかないさえすれば、なんだって趣《おもむき》のないものはあるまい。

月花は無論のこと、風というものが、あれで人の心もちをひくものである。岩にくだけて清く流れる水のありさまこそ、季節にかかわらずよいものである。「沅湘《げんしょう》日夜《にちや》東に流れ去る。愁人《しゅうじん》のためにとどまることしばらくもせず」という詩（唐の詩人・戴叔倫《たいしゅくりん》の作。沅・湘はともに杭州の川）を見たことがあったが、なかなか心にひびいた。また嵇康《けいこう》（三国・魏の人で、竹林七賢の一人）も「山沢《さんたく》にあそびて魚鳥《ぎょちょう》を見れば心慰《たの》しむ」と言っている。人を遠ざかって水草の美しいあたりを逍遥《しょうよう》するほど、心の慰められるものはあるまい。

二二

何事につけても、昔がとかく慕《した》わしい。現代ふうは、このうえなく下品になってしまったようだ。指物師《さしもの》の作った細工物《さいくもの》類にしても、昔の様式が趣味深く思われる。手紙の文句なども昔の反古《ほご》がりっぱである。口でいうだけの言葉にしたところが、昔は「車もたげよ」「火かかげよ」と言ったものを、現代の人は「もてあげよ」「かきあげよ」などと言う。主殿寮《とのもりょう》（宮中の役所の一つ）の「人数《にんじゅ》立て」と言うべきを、「たちあかししろくせよ」（松明《たいまつ》を明るくせよ）と言い、最勝講《さいしょうこう》（五月に宮中で行なわれる仏事）の御聴聞所《みちょうもんじょ》（前記の仏事の際、天皇が高僧の講義を聞かれる御座所）は「御講《ごこう》の盧《ろ》」というべきを「講盧《こうろ》」などと言っている。心外なことであると、さる老人が申された。

二三

衰《おとろ》えた末の世ではあるが、それでも雲の上の神々《こうごう》しい御様子は世俗を離れて尊貴を感じるのである。

露台《ろだい》（宮中にある板張りの一角）、朝餉《あさがれい》（清涼殿内の一間で、天皇が略式の食事をとる所）、何殿《なにでん》、何門《なにもん》などはりっぱにも聞こえるであろう。下々《しもじも》にもある小蔀《こじとみ》、小板敷《こいたじき》、高遣戸《たかやりど》（それぞれ、清涼殿の窓、板敷き、戸）などでさえ高雅に思われるではないか。

「陣《じん》に夜《よ》のもうけせよ」(9)というのは、どっしりしている。夜御殿《よるのおとど》をば「かいともし、とうよ」(10)などというのもまた、ありがたい。上卿《しょうけい》（儀式の首座）の陣で事務を執《と》っておられる様は申すにおよばぬこと、下役の者どもが、得意ぶった様子で事務に熟達しているのも興味がある。すこぶる寒いころの徹夜にあちらこちらで居眠りをしている者を見かけるのがおかしい。「内侍所《ないしどころ》（神鏡を奉ずる温明殿《うんめい》のことで、内侍司《ないしのつかさ》という女官がつとめる）の御鈴《みすず》の音（彼女らが天皇の参拝のときにふる）はめでたく優雅なものです」などと、徳大寺殿の基実太政大臣《もとざねだじょう》（藤原公孝《きんたか》）が申しておられる。

二四

斎宮《いつきのみや》（天皇即位の際、伊勢神宮に奉仕する内親王・皇女）が野宮《ののみや》におらせられるおん有様《ありさま》(11)こそ、しごく優美に興趣《きょうしゅ》のあるものに感ぜられるではないか。経、仏などは忌《い》んで、「染《そ》め紙《がみ》(12)」「中子《なかご》」などと言うのもおもしろい。元来が、神社というものはなんとなく取り得のある奥ゆかしいものだ。年を経《へ》た森の景色《けしき》が超世間だのに、玉垣《たまがき》（神社の垣根）をめぐり渡して榊《さかき》に木綿《ゆう》（コウゾの皮の繊維で作った布で、幣帛《へいはく》として榊にかけて献ずる）をかけてあるところなど堂々たらぬはずはない。わけてもすぐれているのは伊勢、加茂《かも》、春日《かすが》、平野、住吉《すみよし》、三輪《みわ》（伊勢神宮、京都・賀茂神社、奈良・春日神社、京都・平野神社、大阪・住吉神社、奈良・大神神社《おおみわじんじゃ》)、貴船《きぶね》、吉田、大原野《おおはらの》、松の尾、梅の宮(以上は京都の神社)である。

二五

飛鳥川《あすかがわ》(奈良県明日香村あたりを流れる)の淵瀬《ふちせ》のように、変わりやすいのが無常のこの世のならいであるから、時移り、事は過ぎて、歓楽や哀傷《あいしょう》の往来《ゆきき》して、華麗《かれい》であった場所も住む人のない野原となり、変わらぬ家があれば、住む人のほうで変わってしまった。たとい昔ながらに咲き誇るとも桃李《とうり》(モモとスモモ)は物言わぬものであるから、だれを相手に昔語りをしようか。まして見も知らぬ遠い昔の高貴な人々の跡《あと》にいたっては、実にはかない。

たとえば藤原道長《ふじわらのみちなが》の京極殿《きょうごくでん》や法成寺《ほうじょうじ》(道長の邸宅と、その東、鴨川近くに建立した寺)などを見ると、昔の志《こころざし》だけは残って時勢が一変しているのに注意を促されて、胸の迫る思いがある。御堂殿《みどうどの》（道長のこと）が善美をつくして造営せられて、荘園《しょうえん》を多く寄付され、自分の一族を皇室の藩屛《はんぺい》（垣根、転じて天子の守護）、国家の柱石《ちゅうせき》として、後世まで変わるまいと信じておられたその当時には、どんな時勢になってこんなふうに荒廃するものと思ってみられようはずもない。大門《だいもん》、金堂《こんどう》などは近いころまではまだあったが、正和《しょうわ》（一三一二—一七）のころに南門《なんもん》は焼けた。金堂はその後、横倒れになってしまったままで、それをもう建て直そうとする企《くわだ》てすらない。無量寿院《むりょうじゅいん》（阿弥陀堂）ばかりがその形見となって残っている。一丈六尺（約五メートル弱。一般に化身仏の高さをいう）の仏体が九つ、権威を見せて並んでおられる。行成大納言《こうぜいのだいなごん》が名筆の額《がく》や、兼行《かねゆき》の筆の扉（藤原行成、源兼行ともに能筆として名高い）が鮮明に見えているのは興趣が多い。法華堂《ほっけどう》もまだ残っているであろう。それとてもいつまで残っていようか。これほどの残骸《ざんがい》さえとどめていない場所は、自然、礎《いしずえ》の石だけが残るということにもなるが、由来を判然と知る人もなかろう。それゆえ何かにつけて見ることもできないのちの世のことまで思慮を尽《つ》くしておくというのも、たのみにはならない。

二六

風に吹かれるまでもなく変わりうつろうのが人の心であるから、親睦《しんぼく》した当時を思い出してみると身に沁《し》みて聞いた一言一句も忘れもせぬのに、自分の生活にかかわりもない人のようになってしまう恋の一般性を考えると、死別にもまさる悲しみである。それゆえ、白い糸が染められるのを見て悲しみ、道の小路《こうじ》が分かれるのを嘆《なげ》く人もあったのではあろう。堀川院百首《ほりかわいん》（堀河天皇の下で、十六人の廷臣が百首ずつ計千六百の歌を詠《よ》んだもの）の歌の中にある――

昔見し妹《いも》がかきねは荒れにけり
つばなまじりの菫《すみれ》のみして(13)

哀《あわ》れを誘う風情《ふぜい》は、実感から出たものであったろう。

二七

御譲位《ごじょうい》の御儀式がすんで、三種の神器《じんぎ》を新帝にお渡しあそばされるときは、ひどく心細く感ぜられるものである。花園上皇《はなぞのじょうこう》が高御座《たかみくら》(天皇の位のこと)をお譲《ゆず》りあそばされたつぎの春、お詠《よ》みあそばされたとやらうけたまわる――

殿守《とのもり》のとものみやつこよそにして
掃《はら》わぬ庭に花ぞ散りしく(14)

新帝の御代《みよ》の務めの忙しいのにかまけて、上皇の御所には参る者もないというのはまことに寂《さび》しいことではある。こういう場合に人の心の真実は現われもしよう。

二八

諒闇《りょうあん》（天皇が父母の喪に服すこと）の年ほど悲しいことはない。倚廬《いろ》の御所（諒闇の初めに籠《こも》るところ）の有様《ありさま》にしたところが、板敷《いたじき》を下げて葦《あし》で編んだ御簾《みす》をかけ、布の帽額《もこう》（御簾の上に引く幕状のもの）は粗野《そや》に、お道具類も粗略になり、百官の装束《しょうぞく》や、太刀《たち》、平緒《ひらお》（太刀の飾りひも）までが平素と異なっているのは、ただごとではない思いをさせる。

二九

静かに思うと、何かにつけて過去のことどもばかり恋しくなってきてしかたがない。人の寝静まってのち、夜長《よなが》の退屈しのぎにごたごたした道具など片づけ、死後には残しておきたくないような古反古《ふるほご》などを破り捨てているうちに、亡《な》くなった人の手習いや絵など慰《なぐさ》みにかき散らしたものを見つけ出すと、ただもうその当時の心もちになってしまう。いま現に生きている人のものだって、いつどんな折のものであったろうかと考えてみるのは、身にしみる味である。使い古した道具なども、気にもとめず久しいあいだ用いなれているのは、感に堪《た》えぬものである。

三〇

人の亡《な》くなったあとほど悲しいものはない。中陰《ちゅういん》（死後の四十九日間）のあいだ山里などに引っ越していて狭い不便な所へ多人数が寄り集まり、のちの法事などを営んでいるのは気ぜわしい。日数の経《た》つことの早さはくらべものもない。最後の日にはたいへん情けないふうになっておたがいに口をきくこともなく各々《おのおの》われがちに荷《に》纏《まと》めして、ちりぢりに別れていってしまう。もとの住居《すまい》へ帰って来てからがまた一段と悲しいことが多いのである。しかじかのことは、慎《つつ》しむべし、あとに生き残っている人のために忌《い》むべき事柄であるなどと言うが、この悲しみの最中にそんなことぐらいでもよさそうなものを、人間の心というものはやはりいやなものであると感じさせられる。年月が経ってもすこしも忘れられぬということではないが、去る者は日々に疎《うと》しというとおり、忘れられないというちにも、その当時とは違ってくるものか、雑談に笑い興《きょう》じたりする。遺骸《いがい》は人里遠い山の中へ葬って、忌日《きじつ》などにだけ参詣《さんけい》してみると、ほどなく卒都婆《そとば》に苔《こけ》が生えて、木の葉に埋められ、夕方に吹く風や夜半《よわ》の月などばかりがわずかに慰《なぐさ》めてくれるのである。それも思い出してたずねて来る人が生きているうちはまだしもいいが、それらも早晩はみな亡くなってしまって、話に聞き伝えるだけにすぎぬ人などは、なんで悲しいなど思おうや。かくてあとを弔《とむら》うことも打ち絶えてしまうと、どこの人であったやら名さえ知れなくなり、(15)年々の春の草ばかりは、心ある人に感動を与えもしよう。

ついには、嵐《あらし》に咽《むせ》んでいた松も千年とは経たぬうちに薪《たきぎ》に摧《くだ》かれ(16)、古墳《こふん》は犂《す》かれて田となる。そのあとかたさえなくなるのが悲しい。

三一

雪のおもしろく降った朝、ある人のところへ用があって手紙をやるに、雪のことには一言もふれなかったところが、その返事に、「この雪をなんと見るかと一筆申されぬほどのひねくれた野暮《やぼ》な人のいうことなんか聞いてあげられましょうか、どこまでもなさけないお心ですね」とあったのは、興《きょう》があった。今はもう亡《な》き人のことだから、こればかりのことも忘れがたい。

三二

九月二十日時分のこと、ある方のお誘いのお供をして、夜の明けるまで、月を見歩いたことがあったが、お思い出しになった家があるというので、案内を受けておはいりになられた。庭の荒れている露《つゆ》の多いところに、とくにというのではなくふだんから焚《た》いているらしい薫香《たきもの》（いくつかの香を練り合わせた練香《ねりこう》）がしっとりと匂《にお》うている。世を忍んでただならぬ方の住んでいるらしい様子が、まことに風雅である。自分のいっしょに行った方はいいかげんおられて出てこられたが、自分はことの優美に感心して、ものかげからしばらく見ていたら、家のなかの人は妻戸《つまど》（両開きの板戸）をすこしおしあけて月を見る様子であった。客を送り出してすぐ奥に引っこんでしまったとしたら、うちこわしであったろう。まだ見ている人がいようなどとは知るはずがあるものではない。これらのことはただ日常の心がけによってなされたものであろう。彼女はその後まもなく死んだと聞いた。

三三

今の内裏《だいり》が落成して、有職《ゆうそく》の人々（朝廷の儀式・作法などにくわしい人たち）に見せられたところが、どこにも欠点がないというので、もうお引き移りの日も迫っていたのに、玄輝門院《げんきもんいん》（後深草天皇の妃）がご覧あそばされて、閑院殿《かんいんどの》（平安京内に臨時に設けられた里内裏と呼ばれた皇居のこと）の櫛形《くしがた》の窓は、円《まる》っこく縁《ふち》もありはしなかったと仰《おお》せられた。まことにえらいものであった。これは壁にきざみを入れて木で縁《ふち》をしていたもので、違っていたから改められた。

三四

甲香《かいこう》は、螺《ほらがい》のようなものが、形が小さく、口のところが細長く出ている貝の蓋《ふた》である。武蔵《むさし》の金沢（現在の横浜市金沢）という浦で取れたのを、土地の人は「へなだり」と呼んでいるということであった。

三五

字のへたな人が、平気で手紙を書き散らすのは好《よ》い。見苦しいからと代筆をさせているのはいやみなものである。

三六

長いあいだ訪れもせぬが恨《うら》んでいるであろう。自分のぶしょうのせいと申しわけもない気もちがしていると、女のほうから「手のすいた召使いをひとりよこしてください」などと言ってくるのは、ありがたくうれしい。「そんな気風のがいい」とある人が語った。同感のことである。

三七

いつもわけ隔《へだ》てなく慣れ親しんでいる人が、何かの拍子《ひょうし》に、わけ隔《へだ》てがましく様子ぶっている有様《ありさま》をしているのは、いまさらそんなことをするでもあるまいという人もあるかもしれないが、やはりきちんとした好《よ》い人だなあと感じられるものである。平素あまり親密でもない人が打ち解けたことを話し出したりするのも、それから好きになったりするものである。

三八

名聞利益《みようもんりやく》のために心を支配されて、おちついた時もなく一生を苦しみ通すのはばかげたことである。財産が多くなると一身の護《まも》りのためには不充分なものである。危害を求め、煩悶《はんもん》を招く媒《なかだち》になる。白氏文集《はくしもんじゆう》にあるように、黄金《こがね》を積み上げて北斗《ほくと》（北斗星）を支えるほどの身分になってみても、他人に迷惑をかけるだけのことである。俗人の目を喜ばせる慰《たの》しみというのもつまらぬ。大きな車や、肥《こ》えた馬、黄金や珠玉《たま》も、心ある人にはいやなばかげたものと思われるであろう。金は山に捨て、玉は淵《ふち》へ投げるがいい。古人が言うように利欲に惑《まど》うのは最も愚かな人である。

不朽《ふきゆう》の名を世に残すことは望ましい。位が高く身分が尊いからといって、必ずしもすぐれた人とは言えまい。愚者迂人《ぐしやうじん》（おろかでにぶい人）でも貴い家に生まれ、時にあえば、高い位にも上り驕奢《きようしや》（ぜいたく）をきわめるものである。

りっぱな聖人であった人でも、自分から辞退して低い位にいたり時代にあわないでしまった人も多かった。いちずに高位高官を希望するものも利欲に惑《まど》うにつづいて第二のばかである。知恵と精神とにおいてこそ世に勝《すぐ》れた名誉をも残したいものであるが、熟考してみると名誉を愛するというのはつまりは人の評判を喜ぶわけである。褒《ほ》める人も、毀《そし》る人も、いつまでもこの世にとどまっているわけではない。伝え聞く人々だとて、またさっさとこの世を去ってしまう。だれに対して恥じ、だれに知られようと願おうか。誉《ほま》れは同時に毀《そし》りの根本である。死後の名が伝わったとていっこう無益ではないか。これを願うのも第三の愚かである。

しかし、しいて知恵を求め、賢くなりたいと思う人のために言ってみるとすれば、なまなかの知恵が出るので虚偽《きょぎ》が生じた。才能というのも煩悩《ぼんのう》の増長したものである。聞き伝えたり、習って覚え知ったのは、ほんとうの知恵ではない。どんなのを知恵といったものだろうか。可も不可も一本のものである。どんなものを善といったものだろうか。真人《しんじん》（まことの道を知り、完全な道徳を身につけた人）は知もなく、徳もなく、功名《こうみょう》もなく、名誉もない。だれがこれを理解し、これを世に伝えようや。べつに徳を隠し、愚を守るというわけでもない。本来が賢愚《けんぐ》得失《とくしつ》の境地には住んでいないのだからである。迷いの心をいだいて名聞利得を求めるのはこのとおりである。すべてみな、まちがいである。言うに足らず。願うにも足りない。

三九

ある人が、法然上人《ほうねんしょうにん》(17)に、「念仏の時に眠くなってしまって行《ぎょう》ができませんが、どうしてこの障害を防いだらよろしゅうございましょうか」と言うと、「目が覚《さ》めたら念仏をなさい」と答えられた。じつに尊かった。

また、往生《おうじょう》は確実なものと思えば確実、不確かと思えば不確かであるとも仰《おお》せられた。これも尊い。また疑いながらでも、念仏をすれば往生《おうじょう》するとも仰せられた。これもまた尊い。

四〇

因幡《いなば》の国（現在の鳥取県）に何の入道《にゅうどう》とかいう者の娘が美貌《びぼう》だというので、多くの人が結婚を申しこんだが、この娘はただ栗《くり》ばかり食べて、米の類《たぐい》はいっこう食べなかったので、こんな変人は人の嫁にはやれないといって、親が許可しなかった。

四一

五月五日、加茂《かも》の競馬《くらべうま》（上賀茂《かみがも》神社で催される）を見物に行ったが、車の前に、雑人《ぞうにん》（身分の低い者）どもが多数立ちはだかって見えなかったから、一行《いっこう》はそれぞれ車を下《お》りて埒《らち》（馬場の垣）のそばへすり寄ったけれど、特別に人が混雑していて割りこまれそうにもなかった。

こんなおりから楝《おうち》の木に坊主《ぼうず》が登って、木の股《また》のところで見物していた。木に取っつかまっていて、よく眠っていて落ちそうになると目をさますことがたびたびであった。これを見ている人が嘲笑《ちょうしょう》して「実にばかな奴《やつ》だなあ、あんな危ない枝の上で、平気で居眠りしているのだから」と言っていたので、その時心に思いついたままを「われらが死の到来が今の今であるかもしれない。それを忘れて、物を見て暮らしている。このばかさかげんは、あの坊主以上でしょうに」と言ったので、前にいた人々も「ほんとうに、そうですね、最もばかでしたね」と言って、みな後をふり返って見て「こちらへおはいりなさい」と場所を立ち退《の》いて呼び入れた。

このくらいの道理を、だれだって気がつかないはずはなかろうに、こういう場合、思いがけない気がして思い当たったのでもあろうか、人は木石《ぼくせき》ではないから時と場合によっては、ものに感ずることもあるのだ。

四二

唐橋中将《からはしのちゅうじょう》（源雅清《まさきよ》）という人の子息に、行雅僧都《ぎょうがそうず》といって密教の教理の先生をしている僧があった。のぼせる病気があって年とってくるにしたがって、鼻がつまり、息もしにくくなったのでいろいろ治療もしたけれど、重態になって、目や眉《まゆ》や額《ひたい》など腫《は》れぼったく覆《おお》いかぶさってきたので、物も見えず、二の舞⒅の面《めん》のように色赤く、恐ろしげな面相に似て、ただ恐ろしげな、鬼の顔になり、目はいただきにつき、額のあたりが鼻になったりしたので、のちには同じ寺中の人にも会わず、引き籠《こも》り、長いあいだ病んだあげく、死んだ。妙な病気もあったものである。

四三

晩春のころ、のどかに美しい空に品位のある住宅の奥深く、植込みの木々も年を経《へ》た庭に散り萎《しお》れている花の素通りしてしまうのが惜しいようなのを、はいって行ってのぞいて見ると、南向きのほうの格子《こうし》はみな閉めきってさびしそうであるが、東のほうに向かっては妻戸《つまど》をいいかげんにあけているのを、御簾《みす》の破れ目から見ると、風采《ふうさい》のさっぱりした男が、年のころ二十ばかりで、改まったではないが、奥ゆかしく、のんびりした様子で机の上に本をひろげて見ているのであった。いったいどんな素姓《すじょう》の人やら知りたいような気がした。

四四

そまつな竹の編戸《あみど》の中から、ごく若い男が、月光のなかでは色合いははっきりしないが、光沢《こうたく》のある狩衣《かりぎぬ》（貴族の日常着）に、濃い紫《むらさき》色の指貫《さしぬき》（はかまの一種）を着け、由緒《ゆいしょ》ありげな様子をしているが、ちいさな童子をひとり供《とも》に連れて遠い田の中の細い道を稲葉の露に濡《ぬ》れながら歩いていくとき、笛をなんともいえぬ音に吹きなぐさんでいた。聞いておもしろいと感ずるほどの人もあるまいにと思われる場所柄だから、笛の主のゆくえが知りたくて見送りながら行くと、笛は吹きやめて山の麓《ふもと》に表門のある中にはいった。榻《しじ》に轅《ながえ》（牛をつなぐ牛車の棒。とめておくときにそれを置く台が榻）をもたせかけた車の見えるのも市中よりは目につくような気がしたので、下部《しもべ》の男に聞いてみると「これこれの宮様がおいでになっていられるので、御法事でもあそばすのでしょうか」と言う。御堂《みどう》のほうには法師《ほうし》たちが来ていた。夜《よ》寒《さむ》の風に誘われてくる空薫《そらだき》（それとわからないように香をたきくゆらすこと）の匂《にお》いも身にしみるようである。正殿から御堂への廊《ろう》をかよう女房の追い風の用意なども、人目のない山里とも思われず行きとどいていた。

思う存分に茂った秋の野は、置きどころのないほどしとどな露に埋まって虫の音がものを訴えるように、庭前の流水の音が静かである。市中の空よりも、雲の往来も速いように感ぜられ、月の晴れたり曇ったりするのも頻繁《ひんぱん》であった。

四五

従《じゅ》二位藤原公世《ふじわらのきんよ》の兄の、良覚僧正《りょうがくそうじょう》と申された方は、とても怒りっぽい人であった。寺のそばに大きな榎《えのき》の木があったので、人々が榎の僧正と呼んだ。こんな名は怪《け》しからぬというので、その木は伐《き》ってしまった。その根があったので切杭《きりくい》の僧正と呼んだ。僧正はますます立腹して切杭を掘りかえして捨てたので、その跡が大きな堀になってあったから、堀池《ほりけ》の僧正とつけた。

四六

柳原《やなぎはら》（京都市上京区柳原町のあたり）の付近に、強盗法印《ごうとうほういん》と名づけられた僧があった。たびたび強盗にあったものだから、こんな名をつけたのだという。

四七

ある人が清水《きよみず》へお詣《まい》りをしたとき、年寄りの尼《あま》に道連れになったことがあったが、尼は途中「くさめ、くさめ」と言いながら歩くので、「尼さん何をそんなに言っていらっしゃるのですか」と問うたけれど返事もせずに、やはり言いつづけていたのを、たびたび問われて腹を立てて、「え、鼻のつまったときに(19)、このおまじないをしないと死ぬと言いますから、乳をお飲ませ申した方《かた》が比叡《ひえい》山《ざん》に児《ちご》になっておいであそばすのが、今日でもお鼻をつまらせてはおいでにならぬかと思ってこういうのですよ」と言った。珍しく殊勝な志《こころざし》ではないか。

四八

葉室中納言光親卿《はむろちゅうなごんみつちかきょう》（藤原光親）が、後鳥羽院《ごとばいん》の最勝会《さいしょうえ》の講式の奉行《ぶぎょう》（公事を執行すること）で伺候《しこう》して邸前へお召しがあって、お膳部《ぜんぶ》を出して御馳走《ごちそう》をたまわった。食い散らしたお重《じゅう》をそばの御簾《みす》の中へ押し入れて御前を退出した。女房たちは「まあ、きたならしい、だれに残しておいてくれようとでもいうのかしら」と言い合ったので、院は「古式に故実《こじつ》（昔の儀式や作法などの規定）の心《こころ》得《え》のあるやり方のりっぱなものである」と繰りかえし繰りかえし御感心なすったということであった。

四九

老年になったら仏道を心がけようと待っていてはならない。古い墳《つか》の多くは少年の人のものである。思いがけない病を得て、ふいにこの世を去ろうとするときになって、やっと過ぎてきた生涯の誤っていたことに気づくであろう。誤りというのは他事《よそごと》ではない。急を要することをあとまわしにし、あとまわしでよいことをいそいで、過ぎてきたことがくやしいのである。そのときに後悔したって間に合うものでもあるまい。

人間はただ無常が身に切迫していることを心にはっきりと認識して、瞬間も忘れずにいなければなるまい。そうしたならば、この世の濁《にご》りに染まることも薄く、仏の道をつとめる心もしんけんにならずにはいまい。昔の高僧は、人が来てさまざまの用談をしかけたとき、「ただ今火急《かきゅう》の要事があって、もう今日明日に迫っている」と言って、相手の話には耳も貸さないで念仏して、ついに往生《おうじょう》をとげたと、永観律師《ようかんりっし》の往生十因《じゅういん》という書物にある。心戒《しんかい》といった聖僧は、この世がほんの仮りの宿のようであると痛感して、静かに尻をおろして休むこともなく、平生《へいぜい》ちょっと腰を曲げてかがんでばかりいたそうである。

五〇

応長《おうちょう》（一三一一—一二）のころ、伊勢の国から女が鬼になったのを引き連れて都へ来たということがあって、当時二十日ばかりというものは毎日、京白川《きょうしらかわ》あたりの人が、鬼見物《おにけんぶつ》だというのであちらこちらとあてもなく出歩いていた。昨日《きのう》は西園寺《さいおんじ》に参ったそうであるし、今日は院（上皇の御所）の御門へ参るであろう。今しがたはどこそこにいたなどと話し合っていた。確実に見たという人もいなかったが、根も葉もない嘘《うそ》だという人もない。貴賤《きせん》みな鬼のことばかり噂《うわさ》して暮らした。その時分、自分が東山《ひがしやま》から安居院《あぐいん》（比叡山東塔竹林院《とうとうちくりんいん》の僧が京で寄宿する別院）のほうへ行ったところ、四条《しじょう》から上《かみ》のほうの人はみな北をさして走って行く。一条室町《むろまち》に鬼がいると騒ぎ立てていた。今出川《いまでがわ》付近から見渡すと、院のおん桟敷《さじき》の付近はとうてい通れそうもない群集であった。まったく根拠のないことでもないようだと思って、人を見させにやったが、だれも会ってきたという者もない様子であった。夜になるまで、こんなふうに騒ぎ、果ては喧嘩《けんか》がおっぱじまって、怪我人《けがにん》などいやなことが起こったものであった。そのころ一帯に、二、三日ずつ人の病気することがあったのを、鬼の取りざたは、この疫病《えきびょう》の流行の前兆であったのだと言う人もあった。

五一

亀山上皇《かめやまじょうこう》の離宮《りきゅう》のお池に、大井川《おおいがわ》の水をお引きあそばそうというので、大井の村の者に命じて水車をお作らせあそばされた。多くの金銀をたまわって、数日で仕上げて流れにかけて見たけれど、ほとんど回らなかったので、さまざまに直してみたけれど、ついに巡《まわ》らずにただ立っているだけであった。そこで宇治の里人《さとびと》を召して作らせられたところが、わけもなく組み立てたが、思うように巡って水を汲《く》み入れることに効果があがった。何かにつけてその道の心得のある者は尊重すべきである。

五二

仁和寺《にんなじ》(20)のある坊さんが、年寄りになるまで男山八幡宮《おとこやまはちまんぐう》(京都・八幡市の石清水《いわしみず》八幡宮)へまだ参詣《さんけい》したことがなかったのでもの足らぬことに思って、ある時、思い立ってただひとり歩いて御参詣した。山麓《さんろく》にある極楽寺《ごくらくじ》、高良《こうら》などの末社を拝《おが》んで、これだけのものかと早合点をして帰ってしまった。そうしてかたわらの人に向かって「年ごろ、気にかかっていたことをし終わせました。聞きしにまさる尊いものでございました。それにしてもお参りする人ごとに、みな山へ登ったのはどういうわけであろうか。自分も行ってみたくはあったけれど、お参りが目的で山の見物に来たのではないと思ったから、山までは行かなかった」本堂の山上にあるは気づかないで、こう言っていた。

なんでもないことでも案内者はあってほしいものである。

五三

もう一つ、仁和寺《にんなじ》の法師の話。寺にいた童子《どうじ》が、法師になる記念にと、知人が集まって酒盛《さかもり》を催《もよお》したことがあった。酔っぱらって興《きょう》に乗じてそばの鼎《かなえ》（物を煮たり酒を暖めたりするための、足つきの鍋《なべ》）を取って頭にかぶり、つっかかって、うまくはいらないのを、むりやりに、鼻をおしつぶして、とうとう顔をさし入れて舞ったので、一座の人々が非常におもしろがった。しばらく舞ってから、鼎《かなえ》を抜こうとしたが、どうも抜けない。酒宴の興もさめて、どうしたものかと当惑していた。そのうちに頸《くび》のあたりに傷ができて血が流れ出し、だんだん腫《は》れ上がってしまって、息も詰《つ》まってきたから、割ってしまおうとしたけれど容易には破れない。響いて我慢《がまん》ができない。手に負《お》えずしかたがなかったので、三つ足の上へ帷子《かたびら》（裏地をつけない服）をかぶせて手を引き、杖《つえ》をつかせて京の医者のところへ連れて行ったが、途中ではふしぎがって人だかりがする。医者のところへ行って対座したときの様子は定めし異様なものであったろう。物を言ってもこもり声になっていっこう聞こえないし、こんなことは書物にも見当たらず師の教えにもなかったから、治療ができないと言われて、また仁和寺へ帰って親友や老母などが、枕もとにより集まって泣き悲しんだが、聞こえているかどうかもわからない。こうしているあいだに一人が言うには、たとい耳や鼻が切れてしまおうとも命だけは別条ありますまい。力のかぎり引っぱってみようと、藁《わら》の心《しん》を鼎の周囲にさしこんで金《かね》の縁《ふち》とのあいだをへだてておいて、首もちぎれるほど引っぱったので、耳や鼻は欠けてとんだが鼎は抜けた。危《あや》うい命をやっと助かったが、長いあいだ病気をしていたものであった。

五四

御室《おむろ》（仁和寺《にんなじ》）に非常に美しい児《ちご》があったのを、どうかしておびき出して遊ぼうとたくらんだ法師どもがいて、芸のある遊び好きの法師どもと相談して、気のきいた弁当のようなものを、念入りに用意して箱のようなものに入れておいて双岡《ならびがおか》のぐあいのよさそうなところへ埋め、その上に紅葉《もみじ》を散らしかけたり、思いがけないようにしておいて、仁和寺の御所へ行ってその児を誘い出してきた。うれしがってあちらこちらを遊び回ってきたあげく、そこらの苔《こけ》の筵《むしろ》に並んで「ひどくくたびれた。だれか紅葉を焼いて(21)一杯あたためないか。効験《こうけん》のある僧たち、一つ祈ってみてはどうだ」などと言い合って、埋めてある木の根もとに向かって数珠《じゅず》をおし揉《も》んで、もったいらしく印《いん》を結んだりして、気取《けど》られないようにふるまいながら、木の葉を掻《か》きのけて見たがいっこう何も見えない。場所をまちがえたろうかと、掘らぬ場所などないほど山中をあさったが、なかった。埋めているのを人が見ていて、御所（寺）のほうへ行っているひまに盗んだのであった。法師たちは口をあんぐりと、聞き苦しい口争いなどをはじめ、腹を立てて帰ってしまった。しいて興《きょう》を求めようとすると、きっとあっけないものになる。

五五

家の造り方は、夏を専一《せんいつ》にするのがよい。冬はどんな所にも住まれる。暑いころの悪い住宅ときては我慢《がまん》のならないものである。深い水は涼しげでない。浅くて流れているのがずっと涼しい。微細なものを見るには、遣戸《やりど》（引きちがいの戸、またその戸のついた部屋）のなかのほうが蔀《しとみ》（格子に板を張った横戸。吊り上げて開く）の部屋よりも明るい。天井《てんじょう》の高いのは、冬寒く灯火も暗い。造作《ぞうさく》は無用のところを作っておくのが見てもおもしろく万事に都合がいいと、人々が評定《ひょうじょう》し合ったことであった。

五六

久しぶりで会った人が、自分のほうにあったことを片っ端から残らず話しつづけるのは曲《きょく》（おもしろみ）のないものである。隔《へだ》てなく親しんでいる人だってしばらく会わずにいたのなら、遠慮ぐらいは出てよさそうなものではないか。柄《がら》の悪い人は、ちょっと外出してきても、おもしろいことがあると息もつかず話し興《きょう》ずるものである。上品な人が話をするのは、おおぜいがいても一人を相手に言うが、自然と、他の人も耳を傾けるようになる。下賤《げせん》の人はだれに向かってということもなく多人数のなかへ押し出して、目の前に見えるように話すので、みないちじに笑い騒ぐので、非常に騒々しくなる。

おかしいことを言っても、たいしておかしがらないのと、なんでもないことによく笑うのに、人柄の程度も推察できるものである。人の行状《ぎょうじょう》の善《よ》し悪《あ》しを見るにも、才知のある人がそれを品評するのに、自分の身を引き合いに出すのははなはだ聞き苦しい。

五七

人が話し出した歌物語（和歌にまつわる話）のよくないのは困ったものである。多少その方面の心得のある人ならば、おもしろがって話さないはずであろうに。いったいに半可通《はんかつう》のする話というものは、そばで聞いていても笑止千万で聞き苦しいものである。

五八

「道心《どうしん》さえあるなら、住所などどうでもよかろう。家庭に住んで社会にまじっていても、後世《ごせ》（死後の世界。来世）を願うに困難なことはあるまい」というのは、いっこうに後世を理解しない人である。ほんとうに現世《げんせ》をつまらぬと感じ、ぜひとも生死《しょうじ》を解脱《げだつ》しようと思っているなら、なんのかいがあって毎日君《きみ》に仕《つか》えたり、家庭を顧慮《こりょ》したりする業《わざ》にはげみが出ようか。人の心は外界の事情に影響されるものであるから、静かな境地でなければ道の修行はできまい。

器量は古人におよばず、たとい山林にはいってみても餓《うえ》を救い暴風雨を防ぐ方便がなくては生きていられないものであるから、自然と社会的の欲望を貪《むさぼ》るに似たようなことも、時によってはないとも言えまい。それだからといって「そんなことでは世を捨てたかいはない。出家の生活をしながら利欲の念に動かされるほどなら、なぜ世を捨てたか」などというのは、むちゃなことである。

ひとたび仏道にはいって世をいとうたほどの人であってみれば、たとい多少の利欲の念があっても権勢を追う人の旺盛《おうせい》な貪欲《どんよく》にくらべものにはなるまい。紙の夜具、麻《あさ》の衣《ころも》、一鉢《ひとはち》（鉢一杯の食べ物）の用意、藜《あかざ》の吸物《すいもの》などの望みが、人にどれほどの費《ついえ》をかけようや。要求は簡単で、欲望も容易に満足するであろう。

それにわが身の入道の姿の手前もあるから、人並みの欲があったにしても、悪には遠ざかり、善に近づくことが多い。人間と生まれた以上はなんとかして遁世《とんせい》する（世を捨てる、また出家すること）ようにしたいものである。いっこうに貪欲を事として、真理の知恵に従わなくては、一般の動物となんの選ぶところもないではないか。

五九

真理探究の大事の志《こころざし》を発起《ほっき》した人は、捨て去りがたい気がかりのことも成《じょう》就《じゅ》しないで、そのままに捨ててしまうべきである。「ちょっとこのことをすませておいて、ついでにあのことも片をつけて、あのほうのことも人に笑われないように、将来の非難が起こらぬように準備しておこう、今までだってこうしていたのだから、いまさらこれくらいのことを待つのは、今すぐである。あまり人困らせをしないように」などと思っていたのでは、よんどころないことがあとからあとから出てきて、そんなことが尽《つ》きてしまう日もなく、思いきって実行する日があるものではない。おおかたの人を見ると、相当な分別のある人なら、みんなこういう予定だけはして一生を通してしまうものなのである。近《ちか》火《び》などで逃げる人は「もうちょっと」などと言っているものであろうか。一命を助けたいと思えば、恥もなく財産も捨てて逃げ出すのである。寿命が人を待っていてくれようか。無常がくるのは水火が攻めるよりもすみやかにのがれる方法とてもないのに、その時になって、老親幼児、主君の義、愛人の情などがふり捨てがたいからとて、捨てないですませられることだろうか。

六〇

真乗院《しんじょういん》（仁和寺に属する院の一つ）に盛親僧都《じょうしんそうず》という尊貴《そんき》な知者があった。里芋《さといも》というものが好物で、たくさん食べた。談義の席上でも、大きな鉢《はち》へ高く盛り上げたのを膝《ひざ》もとへ置いて食べながら書物を講義した。病気になると一週間も二週間も養生《ようじょう》だと引き籠《こも》っていて、思う存分に、上等の里芋を特別にたくさん食べて何病でも癒《なお》してしまった。人に食べさせることはない、ただ自分ひとりだけが食べたものである。非常に貧乏していたのに、師匠が死ぬときに、銭《ぜに》を二百貫《かん》と僧房《そうぼう》一棟《むね》とをこの僧都に譲った。僧都《そうず》はこの房《ぼう》を百貫に売り払って、合計三万疋《びき》の銭を里芋の代と決めて京都の人に預けておいて、銭十貫ずつをとりよせて里芋を存分に食べていたものだから、べつの用途に当てるまでもなく、その銭は使い果たしてしまった。三百貫の銭を貧乏な身分で手に入れながら、こんなふうに銭を処置したのは、まことに珍しい道心の人であると人が評していた。

この僧都がある法師を見て「しろうるり」という名をつけた。「しろうるりとは何か」と人が問うたところが、そんなものは吾輩《わがはい》も知らない。もしあったら、「あの坊主の顔みたいなものでしょうよ」と言った。

この僧都は容貌《ようぼう》がりっぱ、力強く、大食で、筆跡も学力も弁論も人にすぐれて一宗の権威であったから寺中でも尊重されていたが、世俗を軽視した男で万事わがまま勝手で、たいていのことは人に見習うということもしなかった。出張して御馳走《ごちそう》になるときなども、みなの前へお膳《ぜん》の並びそろうのも待たずに、自分の前に置かれるとすぐにひとりで食べてしまって、帰りたくなるとひとり突っ立って出て行ってしまう。昼食も夕飯も人並みに決めて食べることはしないで、自分の食べたいときに、夜中でも暁方《あけがた》でも食べ、眠ければ昼間でも部屋へ駆《か》け込んで籠《こも》り、どんな大事《だいじ》があっても人の言葉を受けつけない。目が覚《さ》めるとなると幾晩も寝につかないで、心を澄ませて興《きょう》に乗じて歩くなど、世間に並みはずれた状態であったが、人にもきらわれないで、何をしても人々が大日に見ていた。これは、徳が最高の境地へ達していたためでもあったかしら。

六一

后《きさき》などがお産のときに、甑《こしき》(22)を落とすのは、必ずしなければならないことではない。お胞衣《えな》(胎児を包んでいる膜や胎盤)が早くおりないときの咒《まじない》である。早くおりさえすれば甑落としはしない。本来下賤《げせん》の社会からはじまったので、べつだんに根拠のある説もない。〔后などは〕大原《おおはら》の里(現在の京都市左京区大原)の甑をとくにお求めになる。古い宝物蔵《ほうもつぐら》の絵に、下賤の者が子を産《う》んだ所で、甑を落としているのを描いていた。

六二

延政門院《えんせいもんいん》様（後嵯峨《ごさが》天皇の皇女）幼少のおん時、父君がおいでの院へ参る人に、言伝《ことづて》であると申し上げさせられたお歌は、「ふたつ文字《もじ》牛の角《つの》文字直《す》ぐな文字曲《ゆが》み文字(23)とぞ君は覚ゆる」。恋しく思い参らせ給《たま》うというのである。

六三

宮中で正月に行なわれる後七日《ごしちにち》の御修法《みずほう》（正月八日から七日間行なわれる宮中の仏事）に、阿闍梨《あざり》（導師。ここでは御修法を勤める）が武者を集めることは、いつぞや盗人《ぬすびと》に襲われたことがあったので、宿直人《とのいびと》（警護役）という名義でこのように物々しく警固させることになったものである。一年じゅう吉凶はこの御修法中の有様《ありさま》に現われるものなのに、武人など用いるのは不穏当なことである。

六四

車の簾《すだれ》につける五緒《いつつお》の飾《かざり》は、けっして人によってつけるものではなく、何人《なんぴと》でもその分際《ぶんざい》として最高の官位に到達したら、それをつけて乗るものであると、ある人の話であった。

六五

このごろの冠《かんむり》は昔のよりずっと高くなっていると、ある人の話であった。昔の冠桶《かぶりおけ》（冠をおさめる容器）を持っている人は、現在では端《はし》をつぎ足して使っているのである。

六六

岡本《おかもと》の関白家平《かんぱくいえひら》公（近衛家平）が、満開の紅梅《こうばい》の枝に鳥を一番《ひとつがい》添えて、この枝につけてこいと鷹飼《たかがい》の下毛野《しもつけの》武勝《たけかつ》に申しつけられたが、「花に鳥をつける方法はぞんじません。一枝に一番《ひとつがい》つけることもぞんじません」と言ったので、料理方にもお尋ねがあって人々に問うてから、ふたたび武勝に「それでは其《そ》の方《ほう》の思うとおりにつけて差し出せ」と仰《おお》せられたので、花のない梅の枝に、鳥は一つだけつけて差し上げた。武勝が申しますには、「柴《しば》の枝の、梅の枝の、蕾《つぼみ》のあるのと散ったのとには、つけます。五葉《ごよう》の松などにもつけます。枝の長さは七尺か六尺、そぎ取ったのをかえし刀で五分《ぶ》に切ります。枝の中ほどに鳥をつけ、つける枝、踏ませる枝があります。つづら藤《ふじ》の割らないままので、二カ所結びつけます。藤のさきは火打羽《ひうちば》（翼の下脇にある火打ちの羽）の長さにくらべて切り、それを牛の角《つの》のように曲げておきます。初雪の朝、枝を肩にかけて、中門から様子を整えて参り、軒下の石を伝い、雪には足跡をつけないで、尾のつけ根にある毛をすこし抜き散らして、二棟《ふたむね》の御所《ごしょ》の欄干《らんかん》に寄せかけておきます。下《くだ》されものがあったら、肩にかけて礼をして退出いたします。初雪と申しても、沓《くつ》の鼻のかくれないほどの雪なら参りませぬ。尾のつけ根の毛を抜き散らすのは、鷹《たか》は腰を襲うものだから鷹の獲《と》ったもののようにするためでしょう」と申した。

花に鳥をつけないというのは、どういう理由であるやら、九月のころに梅の造り枝に雉《きじ》をつけて「君がためにと折る花は、時しもわかぬ」と言ったことが伊勢物語に見えている。造り花には鳥をつけても差しつかえないものなのであろうか。

六七

賀茂《かも》の岩本《いわもと》、橋本《はしもと》（京都・賀茂別雷《わけいかずち》神社の二つの摂社）は、業平《なりひら》、実方《さねかた》（在原業平、藤原実方）である。世人《せじん》がよく取り違えているから、ある年のこと、参《さん》詣《けい》をして、年寄りの宮司《ぐうじ》の通りかかったのを呼びとめて質問したところ、「実方は御《み》水洗《たらし》（参拝に際し、手を洗い清めるところ）に影のうつる所と言われていますから、橋本のほうがいっそう水に近かろうとぞんじております。吉水《よしみず》の僧正《そうじょう》（慈円《じえん》、おくり名は慈鎮《じちん》）が「月をめで花をながめしいにしえのやさしき人はここにあり原」とお詠《よ》みなされたのは、岩本の社《やしろ》であったと聞きおよんでおりますけれど、私どもなどより、かえって、よくごぞんじでいらっしゃいましょう」と、たいへん謹直な態度で言ってくれたのには感心した。

今出川院近衛《いまでがわいんこのえ》（今出川院、すなわち亀山天皇の中宮に、仕えた近衛という女官）といって撰集《せんしゅう》などに歌のたくさん入れられている人は、年の若かったころに、いつも百首の歌を詠んで、前述の両神社社前の水で浄書《じょうしょ》して奉納していた。尊い名誉を得て、この歌は人口に膾炙《かいしゃ》したものが多い。漢詩文をも巧《たく》みに書く人であった。

六八

筑紫《つくし》（筑前・筑後の二国、ひいては九州の総称）に某《なにがし》という押領使《おうりょうし》(24)とでもいうような格の人があったが、土大根《つちおおね》（ダイコン）を万病に効能のある薬にして毎朝二つずつ焼いて食べることが、久しい年月におよんだ。ある時、館《やかた》の中に、だれもいないすきにつけこんで敵が襲撃して取りかこんだところ、館の中に二人の武者が現われた。命を惜しまず応戦して、敵をみな打ち払った。はなはだふしぎに思ったので「日ごろはおいでになる様子もない人々が、このように戦《いくさ》をし給《たも》うたのはどういうお方ですか」と言ったところが、「年来の御信頼で、毎朝毎朝召し上がってくださる大根でございます」と言って姿を消した。深く信じていると、こういう徳もあるものである。

六九

書写山《しょしゃざん》の性空上人《しょうくうしょうにん》は、(25)法華経《ほけきょう》を読誦《どくじゅ》した功徳《くどく》によって肉体的な汚《けが》れから脱却した人であった。旅で、宿屋に行ったところ、豆のからを焚《た》いて、豆を煮《に》ていると、音のつぶつぶと鳴るのを聞いてみると「疎遠でもない貴様たちが、恨《うら》めしくも自分らを煮て、苦痛を与えるものだな」と言っていた。焚かれている豆がらのぱちぱちと鳴る音は「自分の本心から出たことであろうものか。焚かれるのもどれほど堪《た》えがたいか知れたものではないが、しかたのないことである。どうぞわれらを恨んではくれまいぞ」と言っているのが聞かれた。

七〇

元応《げんおう》（一三一九―二一）の清暑堂《せいしょどう》(26)の御遊《おんあそ》びに、名器の玄上《げんじょう》(27)が失われていた時分、菊亭右大臣《きくてい》（藤原兼季《かねすえ》。琵琶《びわ》の名手）が牧馬《ぼくば》を弾《は》じたが、座についてまず柱《じゅう》（琵琶の弦の駒となる板）を触《さわ》ってみると、一つ落ちた。けれども大臣は懐中に続飯《そくい》（飯粒で作った糊）を持ってきていたのでつけたから、神饌《しんせん》（神へのお供え）のくるころにはよく乾《かわ》いて、なんの不都合もなしによく弾《ひ》くことができた。

どういうわけであったか、見物人のなかの衣被《きぬかつぎ》（女性が顔をかくすために頭からかぶった単衣《ひとえ》の小袖）の者が近づいてその柱をもぎ放して、もとのように見せかけておいてあったのだという。

七一

名を聞くと、すぐその人の風貌《ふうぼう》が想像できるような気がするものであるが、会って見ると、それがまた、思っていたとおりの人というのもないものである。

昔物語を聞いても、現代の人の家が、あの辺であろうと感じ、人物も、今日《こんにち》のだれのようなと思いくらべて見られるのは、何人《なんぴと》もそんな気のするものかしら。また、どんなときであったか、現在いま話していることも、目に見ていることも、自分の心の中も、このとおりのことがいつであったかしら、あったような気がしていつとは思い出さないが、必ずあったような心もちのするのは、自分だけが、こんなことを感ずるのかしら。

七二

卑《いや》しく見苦しいもの。身のまわりに日用品の多いこと、硯《すずり》に筆が多くはいっていること、持仏堂《じぶつどう》（信仰する仏像を安置する部屋）に仏が多いの、前栽《せんざい》（庭の植え込み）に石や植木類が多いの、家の中に子孫が多いの、人に面会して言葉数が多いの、願文《がんもん》（神仏に祈願するところを記した文）に善事《ぜんじ》をほどこしたことを多く書き立てたの。多くても見苦しくないのは、文庫に積みこんである書物、掃《は》きあつめの埃《ほこり》。

七三

世に言い伝えていることは、真実では興味のないものなのか、多くはみな虚言《そらごと》である。人間というものは、実際以上にこしらえ事を言いたがるのに、いわんや、年月を過ぎて、世界も代わっているから、言いたい放題を虚構し、筆でさえ書き残しているからそのまま事実と認定された。

それぞれの道の達人のえらかったことなど、わけのわからぬ人でその方面に知識のない輩《やから》は、むやみに神様のように崇《あが》めて言うけれど、その方面に明るい人は、いっこうに崇拝《すうはい》する気にもならない。

評判に聞くのと見るのとは、何事でも相違のあるものである。そばからばれるのも気がつかず口まかせにしゃべり散らすのは、すぐに根もないことと知れる。また、自分でもほんとうらしくないと知りながら、人の言ったままを鼻をうごめかしながら話すのは、別段その人の虚言ではない。もっともらしくところどころは不確かそうによくは知らないと言いながら、それでいて、つじつまを合わせて話す虚言は恐ろしいものである。自分の名誉になるように話されている嘘《うそ》は何人《なんぴと》もしいて取り消そうともしない。人がみなおもしろがっている嘘は自分ひとり打ち消すのも変なものだと、黙って聞いているうちに、つい証人にまでされてしまって、いよいよ事実と決定してしまう。ともかくも嘘の多い世の中である。それゆえ、人があまり珍奇なことを言ったら、いつもほんとうは格別珍しくもない普通のことに直して心得てさえおけば、まちがいはないのである。下賤《げせん》な人間の話は耳を驚かすものばかりである。りっぱな人は奇態なことは言わない。

こうはいうものの、神仏の奇跡や、高僧の伝記などを、そんなふうに信じてはいけないというのとは違う。これらは、世俗の嘘を本気で信じるのも間抜けだが、まさかそんな事実はあるまいと争論したとてはじまらないから、だいたいはほんとうのこととして相手になっておいて、むやみに迷信したり、またむやみに疑い嘲《あざけ》ったりしてはならない。

七四

蟻《あり》のように集まって、東西に急ぎ、南北に奔走《ほんそう》している。高貴の人もあれば卑賤《ひせん》の人もある。老人もいるし、若者もいる、出かけて行く場所があり、帰って来る家庭がある。みな、夜には寝て、朝になれば起きて働く。営々と労苦するのはなんのためであるか。死にたくない。儲《もう》けたい。休息する時もない。身を養って何を待つのであろうか。待つのはただ年をとって死ぬだけのことではないか。死期の来るのは速いもので、一秒一秒のあいだでさえ近づいてきているのである。これを待つ間にどんな楽しみがありうるか。眩惑《げんわく》されている者はこれを恐れない。名聞《みょうもん》や利欲に惑溺《わくでき》して冥途《めいど》の近づくことを顧慮《こりょ》しないからである。愚人《ぐじん》はまたいたずらに死の近づくのを悲しむ。人生をいつまでもつづけたいと願って、変化の法則を悟らないためである。

七五

退屈で困るという人はどんな気もちなのかしら。気の散ることもなくただひとりでいるのは、けっこうなものではないか。社会の調子についてゆけば、心は俗塵《ぞくじん》にけがされて欲望に迷いやすく、人と交渉すれば、言葉が相手の気をかねて本心のままではいない。人に戯《たわむ》れ、物事を争い、恨《うら》んでみたり、喜んでみたり、心はすこしも安定しない。差別好悪《こうお》の思考がむやみに起こって、利害得失の欲念が休むまもない。惑《まど》いのうえに酔うて、酔いの中に夢を見ているようなものである。走りまわるに忙しく、うかうかと大事を忘れているというのが世上《せじょう》一般の人の有様《ありさま》である。まだ真の道は自覚できないにしても、せめては外界の諸縁とぐらいは離れて身を安静に、俗事に関与しないで、心を安らかにするのが、しばらく楽しむともいうべきであろう。摩訶止観《まかしかん》（中国天台宗の根本経典）にも生活、人事、技能、学問などの諸縁はやめるがよいとある。

七六

権勢栄華にときめく家に冠婚葬祭などがあって人々が多く訪問する際、その中に出家法師が入り交《まじ》って、案内を乞い門のあたりに立っているのは、よせばいいのにと思われる。相応の理由はあるにしても、法師というものは人との交わりは遠ざかっていてほしい。

七七

世間で当人が言いはやす事柄を、関係するはずもない人がよく様子を知って人に説明したり、自分でも人に質問したりしているのは、合点のゆかないことである。ことに片田舎《かたいなか》の坊主などは、世間の人の身の上をわがことのように知りたがって聞きたずね、どうしてこうくわしく知っているのかと思われるまでさまざまに吹聴《ふいちょう》する。

七八

当世ふうの事物の珍しいのを言いひろめているのもまた、了簡《りょうけん》が知れない。陳腐《ちんぷ》になってしまうまで新しいことを知らないでいる人は奥ゆかしい。はじめての人などがいるのに、自分のほうで言い慣らわした話題や、物の名などを知っているどうしが、ほんの片端《かたはし》だけ言い合って顔見合わせて笑ったりして、意味のわからぬ人に不快を与えることは、世間慣れない、たちのよくない人のあいだではよくあることである。

七九

万事に、あまり立ち入らないのがよい。上品な人は、知っていることでもそれほど知ったかぶりをして話すだろうか。片田舎《かたいなか》から出てきた人のほうが、万端心得顔《こころえがお》に応対するものである。そんな人の中には尊敬すべき知者もいるけれど、自分でもえらそうな様子をしているのが見苦しい。心得きった方面のことには、きっと口が重く、人が問わない限りは口を出さないのがりっぱな態度である。

八〇

だれも彼も、自分に縁の遠いことばかりを好くようである。坊主が軍事に心がけ、田舎《いなか》武士が弓術を心得ないで仏法を知った様子をしたり、連歌《れんが》をしたり、音楽を好んだりしている。それでも、至らぬ自分の道でよりも、別の道楽のおかげで人からばかにされるものである。坊主ばかりではない。身分の高い公卿《くげ》や、殿上人《てんじょうびと》など、上流の人たちまでも、おおかたは武を好む人が多い。

百戦して百勝したからといって、まだ武勇の名誉は許されない。というのは、運に乗じて敵を粉砕する場合は、何人《なんぴと》とて勇者のようでない人もあるまい。兵士は尽《つ》き、矢種《やだね》が絶えて後でも敵には降《くだ》らず安らかに死について、そこではじめて名誉をあらわすことのできるのが武道である。生きているほどの人は、まだ武を誇ってはなるまい。武道はそもそも人倫《じんりん》に遠く禽獣《きんじゅう》（鳥やけもの）に近い行為なのだから、その家柄でもない者が好むのは無益のことである。

八一

屏風《びょうぶ》や襖《ふすま》などが、絵にしろ文字にしろ拙劣《せつれつ》な筆致《ひっち》でできているのは、そのものが見苦しいよりも、その家の主人の趣味の至らぬのがなさけないのである。いったいその所有の日用品によっても、その人柄を軽蔑《けいべつ》することはあるものである。それほど上等のものを持つべきであるというのではない。破損しては惜しいというので品格のない見にくいものにしておいたり、珍奇なのがよいというので無用な装飾があったり、繁雑《はんざつ》な好みをしているのを、よくないというのである。古風に、おおげさでない高価にすぎぬもので、品質のすぐれたのが好もしいのである。

八二

羅《うすもの》の（薄い織物を張った）表紙は早く損じて困るとある人が言ったら、頓阿《とんあ》(28)が、羅の表紙なら上下がほぐれ、螺鈿《らでん》（貝殻の光る部分を木や漆器《しっき》に埋め込む細工）の軸《じく》は貝が落ちてしまったあとがけっこうなのであると言ったのは、頓阿に敬意を感ぜしめる。数冊を一部としたとじ本の類の、そろっていないのを不体裁《ふていさい》なというが、弘融僧都《こうゆうそうず》（仁和寺の僧）が、なんでもきっと完全にそろえようとするのは未熟な人間のすることである、ふぞろいなのがよいのだと言ったのも、さすがはと思った。いったい、何につけても、事の完備したのはよくないものである。でき上がらないのをそのままにしてあるのも、おもしろく、気もちがのんびりするものである。内裏《だいり》を造営せられるにも、きっと完成せぬところを残しておくものであると、ある人が話していた。古《いにしえ》の聖賢の作った儒仏《じゅぶつ》経典にしても、章や段の欠けていることが多い。

八三

竹林院入道《ちくりんいんにゅうどう》左大臣殿（西園寺公衡《さいおんじきんひら》）は、太政《だじょう》大臣にのぼられるのはなんの差しつかえもなかったけれど、「太政大臣も別に珍しくもない。左大臣の位でやめよう」と言って出家せられた。洞院《とういんの》左大臣殿（藤原実泰《さねやす》）もこのことをわが意を得たことに思って、太政大臣の望みはいだかなかった。亢竜《こうりょう》に悔いがある（昇りつめた竜は下るしかなく、悔いが残る）とやら言うこともある。月も満つれば欠け、物も盛りになると衰える。何事につけても、このうえなしというのは破滅に近い道理である。

八四

法顕三蔵《ほっけんさんぞう》（中国東晋の高僧）が、印度《インド》に渡って故郷《ふるさと》の扇を見ては悲しんだり、病気にかかると中国の食物をほしがったりしたことを、あれほどの人物でありながらひどく女々《めめ》しい態度を外国人に見せてしまったものだとある人が言ったのを、弘融僧都《こうゆうそうず》がまことに人情に富んだ三蔵であったなあと言ったのは、法師にも似合わしくないことをよくも言ったと感じ入った。

八五

人間の心というものは素直なものではないから、偽《いつわ》りがないとは言えない。けれども、自然と正直な人だって、いないと断言できようか。自分は素直ではなくて人の賢を見て羨《うらや》むのが世間の常態である。それを最も愚かな人が賢い人を見たりすれば、これを悪《にく》むものである。大きな利益を得ようと思って小さな利益を受けないとか、虚飾をして名声を博しようとするのだとか謗《そし》る。自分の心と賢者の行為とが違っているので、こんな非難をする者の正体は察せられる。

これらの人は愚中の愚で、とうていつける薬もない。彼らは偽《いつわ》りにもせよ小利《しょうり》を解することもできまい。うそにも愚者のまねはしてならない。狂人のまねをして大通りを走ったら、つまりは狂人である。悪人のまねだといって人を殺したら、悪人である。千里の駿馬《しゅんめ》（一日に千里を走るという名馬）に見ならうのは千里の駿馬の仲間である。大聖舜《たいせいしゅん》（中国古代の聖帝）を学ぶ者は舜の一類である。うわべだけにしろ賢者を手本にするのを賢者といっていいのである。

八六

惟継中納言《これつぐちゅうなごん》（平惟継）は詩歌《しいか》の才能に富んだ人である。生涯仏道に励《はげ》んで一心に読経《どきょう》して、三井寺《みいでら》（滋賀県大津市の園城寺の俗称）の円伊《えんい》という法師といっしょに住んでいたが、文保《ぶんほう》年間（一三一七—一九）三井寺の焼けた時、坊主の円伊を見かけると「あなたを今までは寺法師とお呼びしていましたが、寺がなくなってしまいましたから、今後は法師と言いましょう」と言った。すばらしいしゃれであった。

（訳者蛇足《だ》）この段、古来の解、みなせんさくに過ぎてかえっておぼつかなく思われる。あえて愚解を加えれば中納言の洒々磊々《しゃしゃらくらく》たる風貌を伝えんとするものであろう。寺の焼け落ちるや、別段の見舞いを言うでもなく一片の冗談としてしまう。兼好はこの際のこの言葉を「いみじき秀句」と評したのであろう。単に「寺法師」「法師」の語だけに拘泥《こうでい》して全文を見ることを忘れてはなるまい。軽い冗談にまぎらしたようで一場の笑いに必ずしも情味がないでもない、まことにいみじき秀句である。

八七

下僕に酒を飲ませることは注意すべきである。宇治《うじ》に住んでいた男が、京都にいた具覚坊《ぐかくぼう》といって風流な脱落した僧が小舅《こじゅうと》であったので、常に仲のよい相手であった。ある時迎え馬をよこしたので、遠方の所を来たのだからまあ一杯やらせようというので、馬の口を曳《ひ》いている男に酒を出したところが、杯《さかずき》を受けて垂涎《すいぜん》しながら何杯も飲んだ。この下僕は太刀《たち》を佩《は》いて威勢がいいので、たのもしく思いながら引き従えて行くうちに、木幡《こはた》（京都市伏見区大亀谷あたりの山路）の辺へ来たところ、奈良法師（奈良の興福寺・東大寺の法師）が兵士をたくさん引き連れたのに出会ったので、この男が立ち向かって、日の暮れた山中に怪しいぞ止まれと言って太刀を引き抜いたので、向こうの人々もみな太刀を抜き、弓に矢をつがえなどしたのを具覚坊が見て、揉《も》み手《で》をしながら本性《ほんしょう》もなく酔っております者です、まげてお宥《ゆる》し願いたいと言ったので、人々は嘲《あざけ》りながら通り過ぎた。この男は今度は具覚坊に向かってきて、貴公は残念なことをしてくれましたな。拙者《せっしゃ》は酔っぱらいなどした覚えはない、高名手柄をいたしたいと思っておりましたものを、抜いた太刀をよくも役に立たずにしてくれましたなと怒って、めった打ちに切り落とした。それから山賊が出たとわめき立てたので、里人《さとびと》が興奮して出てくると、乃公《おれ》が山賊だぞと言って走りかかって切り回るのを、里人おおぜいで手を負わせ打ち伏せて縛《しば》り上げてしまった。馬は血に塗《まみ》れたまま宇治大路《おおじ》にある主家へ駆け入ったので、家人はあきれ驚いて男どもを幾人も差し向け、走らせてみると、具覚坊は梔原《くちなしばら》（クチナシの生えている原）で切り倒されて呻《うめ》き苦しんでいたのを、連れ出して戸板で運んで帰った。具覚坊は危《あや》うい命を取りとめはしたが、腰を負傷して不具者になってしまった。

八八

ある人が小野道風《おののとうふう》（書家）が書いた和漢朗詠集《わかんろうえいしゅう》を所有していたのを、さる人が、御相伝《ごそうでん》のお品でいいかげんなものともぞんぜられませぬが、四条大納言《しじょうだいなごん》（藤原公任《きんとう》）が選ばれたものを道風が書いたのでは時代に錯誤がございましょう。変なものですな、と言ったところが、それだからこそ珍重なのでございますと、いっそうたいせつに保管した。

八九

奥山に猫又《ねこまた》というものがあって人を食うものであると、ある人が言うと、山でなくともこの辺にも、猫の年功を経《へ》たものが猫又に成り上がって人を取ることはあるものですよと言うものもあったのを、何阿弥陀仏《なにあみだぶつ》(29)とかいう連歌《れんが》をする法師が、行願寺《ぎょうがんじ》(京の一条北・油小路の東にあったが、現在は中京区寺町通竹屋町に移転)の付近に住んでいたのが聞いて、ひとり歩きをする身分だから、用心しなければと思っていたところから、ある所で連歌で夜ふかしをしてただひとりで帰って、小川の端を通りかかっていると、噂《うわさ》に聞いていた猫又がはたしてこの坊主の足もとへふと寄ってくると、すぐさまかきのぼり、首のあたりに喰《く》いつこうとした。肝《きも》をつぶして防ぐ力さえ失《う》せ、足も立たず小川へ転び入って、助けてくれ猫又だ、助けてくれと叫ぶので、あたりの家々から松明《たいまつ》などつけて駆けつけて見ると、近所に顔見知りの坊主であった。これはどうなされたと川の中から抱き起こして見ると、連歌の賭物《かけもの》に取って来た扇や小箱などを懐中していたのも水に浸《つか》ってしまっていた。ふしぎと命は危《あやう》く助かったらしく、ようようのことに家に帰り入った。飼い犬が、暗中にも主《あるじ》を知って飛びついたのであったそうである。

九〇

大納言《だいな》法印《ごんほういん》の召し使っていた乙鶴丸《おとづるまる》という童《わらべ》が、やすら殿《どの》という者と知り合いになって常によくたずねていたが、ある時やすら殿の家から乙鶴丸が出て帰るところを法印が見つけて「どこへ行ってきたか」とたずねると、「やすら殿のところへ行っていました」と言う。法印に「そのやすら殿というは、男か法師か」と重ねて問われて、乙鶴丸は袖《そで》かき合わせて、てれながら「さあ法師ですかしら、頭は見ませんでした」と返事をした。どうして頭だけ見えなかったものやら。

九一

赤舌日《しゃくぜつにち》(30)ということは、陰陽道《おんようどう》にも定説のないものである。昔の人はこの日を忌《い》まなかった。ちかごろ、何者が言い出して、忌みはじめたのであろうか。この日にすることは成就《じょうじゅ》せずと説いて、この日に言ったこと、したことは目的を達せず、得たものも失い、企《くわだ》てたことも成功しないというのは、愚劣なことである。吉日を選んでしたことで成就しないのを数えてみたって、また同様の統計を得られよう。その理由は、常住ならぬ転変の現世では、目前に在《あ》りと思うものも実は存在せず、始めあることも終わりがないのが一般である。志《こころざし》はとげぬがちである。欲望は不断に起こる。人間の心そのものが不定《ふじょう》であり、物もみな、幻のように変化して何一つしばらくでもとどまっているものがあろうか。この道理がわからないのである。吉日にも悪事をしたら、かならず凶運である。悪日に善事を行なうのは、かならず吉であるとかいわれている。吉凶は人によって定まるもので、日に関係するものではない。

九二

ある人が弓を射ることを習うのに、二本の矢を手にして的《まと》に対した。すると師匠の言うには「初心の人は矢を二本持ってはならぬ。のちの矢を頼みにして最初の矢をぞんざいに取りあつかう気味になる。いつも区別なくこの一本で的中させてみせると心得ていろ」と言った。わずかに二本の矢、それも師の面前でその一本をぞんざいに思おうはずもあるまいに。懈《け》怠《たい》（なまけること）の心を自分では気づかずにいるが、師匠のほうではちゃんと看《み》て取っている。この訓戒は万事に適用できよう。

道を学ぶ人、夜分は明朝のあることを思い、朝になると夜勉《つと》めようと思い、この次にはもう一度心をこめてやり直そうと期待する。まして一瞬間のうちにさえ懈怠の心のあるのを自覚しようか。何故《なにゆえ》に、今この一瞬間にすぐさま決行することが至難なのであろう。

九三

「牛を売る者があった。買う人が、明日《あす》、その代価を支払って牛を引き取ろうと約束した。夜の間に牛が死んだ。買おうという人が得《とく》をした。売ろうという人は損をした」と話した人があった。

この話を聞いていたそばの人が「牛の持主《もちぬし》は、なるほど損をしたわけだが、また大きな得もある。というのは生きている者が死の近いのに気づかぬ例は、牛が、現にそれである。人とてもまた同様である。思いがけなくも牛は死に、思いがけなく、持主は生きている。一日の命は万金《まんきん》よりも重い。牛の価は鵝毛《がもう》（ガチョウの羽根）よりも軽い。万金を得て一銭を失った人を、損をしたとは申されまい」と言ったら、人々はみな嘲《あざけ》って「その理屈は牛の主だけに限ったものではあるまい」と言った。

そこでそばの人が重ねて「人が死を悪《にく》むというならば、すべからく生を愛したがよかろう。命を長らえた喜びを毎日楽しまないはずはない。しかるに人は愚かにもこの楽しみを無視して、労苦して別の楽しみを追い、この存命という財宝を無視し、身を危《あやう》くしてまで別の財宝を貪《むさぼ》るから、心に満足を感ずる時もないのである。生きているあいだに生を楽しむことをせずに、死に臨《のぞ》んで、死を恐れるのは不条理である。人がみな生を楽しまないのは、死を恐れていないからである。死を恐れないのではなく、死の近づくのを忘れているのである。

もしまた生死の問題に超越しているというのなら、まことに真理を会得《えとく》している と申すものである」と言ったら、聞く人はますます嘲笑《あざわら》った。

九四

常磐井《ときわい》の太政大臣《だじょう》（西園寺実氏《さいおんじさねうじ》）が出仕された際に、勅書《ちょくしょ》（天皇の命令を記した文書）を捧持《ほうじ》して（ささげ持って）いる北面《ほくめん》の武士（上皇の御所を警護する武士）が、実氏《さねうじ》公に出会って馬からおりたのを、実氏公はのちになって「北面の某《なにがし》は勅書を捧持しながら自分に下馬した者である。こんな者がどうして、主上《しゅじょう》のお役に立つものか」と申されたので、北面を免職になった。勅書の捧持者は、勅書を馬上のままで捧《ささ》げて示せばよい。馬からおりてはいけないそうであった。

九五

箱のえぐってあるところに紐《ひも》をつけるのにはどちら側につけるものかと、ある故実家《こじつか》に質問したところが、その人は「軸《じく》につけるのも表紙（軸は箱の向かって左、表紙は右をいう）につけることも、両方の説があるところから、どちらでも差しつかえはありますまい。文《ふみ》の箱の場合は多く右につけ、手箱には軸につけているのが普通のようです」と言った。

九六

めなもみ、という草がある。蝮《まむし》に刺された人が、その草を揉《も》んでつけると即座に癒《い》えるとのことである。覚えておくとよかろう。

九七

その物に付着して、その物を毒するものが無数にある。たとえば、人体に虱《しらみ》、家に鼠《ねずみ》、国に盗《とう》、小人《しょうじん》に財、君子に仁義、僧に法など。

九八

高僧たちが言い残したのを書きつけて、一言芳談《いちごんほうだん》とか名づけた本（浄土教の高僧たちの法語集）を見たことがあったが、会心《かいしん》のものと感じて覚えているのはある。

一、しようかせずにおこうかと思うことは、たいがいしないほうがいいのである。

一、仏道を心がけている者は味噌桶《みそおけ》一つも持たないのがよろしい。持経《じきょう》（平常、つねにたずさえ読む経）でも御本尊様にしても好《よ》いものを持つのは、つまらぬことである。

一、遁世者《とんせしゃ》は何もなくとも不自由しないような生活の様式を考えて暮らすのが、理想的なのである。

一、上流の人は下等社会の者のつもりになり、知者は愚人に、富人は貧民に、才能の士は無能な者のようにありたいものである。

一、仏道を願うというのは、ほかではない。暇のあるからだになって世間のことを心にかけないというのが第一の道である。

このほかにもいろいろあったが、忘れてしまった。

九九

堀川《ほりかわ》の太政《だじょう》大臣久我基具《こがもととも》公は容貌《ようぼう》の美しい快活な気風の人柄で、何かにつけてちょっと奢《おご》りを好まれた。御子《おんこ》の基俊卿《もととしきょう》を検非違使別当《けびいしべっとう》（現在の警察・司法にあたる検非違使庁の長官）にして庁《ちょう》の事務をとらせたが、役所に備えつけの唐櫃《からびつ》（衣類・調度などを収める脚つきの入れ物）が見苦しいというのでりっぱに改造しようと命ぜられたが、この唐櫃は大昔から伝わっているもので、いつからあるものとも知れない。数百年を経《へ》たのである。代々の公用の御器物というものは、古くすたれたこのような古物をモデルにしている。むざむざとは改造できませんと故実《こじつ》に通じた官人らが申したので、そのことはそのままに沙汰《さた》やみになった。

一〇〇

久我相国《こがのしょうこく》（太政《だじょう》大臣源雅実、または久我通光《みちみつ》）は殿上《てんじょう》（宮中清涼殿中の一間）で水を召し上がるとき、主殿司《とのもづかさ》（雑務を受け持つ女官）が土器《かわらけ》（素焼の食器）を差し上げると、わげもの（曲げ物。木製の容器）を持って参れと仰《おお》せられて、わげもので召し上がった。

一〇一

ある人が大臣任命式の内弁《ないべん》（宮中の行事に際し、諸事をつかさどる役）を勤められたが、内記《ないき》（宮中の記録をつかさどる官人）の持っていた辞令を持たずに、式場にはいってしまった。このうえなしの失態であるが、出直して持って来るというわけにもゆかぬ。当惑しきっていると、持っていた六位外記《ろくいのげき》中原康綱《なかはらのやすつな》が衣《きぬ》かつぎの女官と相談をしてこっそりと内弁に渡させた。実にりっぱな仕打ちであった。

一〇二

尹大納言光忠《いんのだいなごんみつただ》入道（源光忠）が追儺《ついな》の上卿《しょうけい》を勤められたので、洞院《とういん》右大臣殿（藤原実泰《さねやす》か、その子の公賢《きんかた》）に式の次第を教えてくださいと申し入れたところ、「あの又五郎《またごろう》という者を師にするよりほかに良策もあるまい」とおっしゃった。この又五郎というのは老人の衛士《えじ》（宮中を警護する兵士）で、よく朝廷の儀式に慣れた者であった。近衛《このえ》殿（近衛経忠《つねただ》）が着席せられたとき膝着《ひざつき》（地面にひざまずく際の敷物）を忘れて外記《げき》（儀式の進行係）を召《め》されたのを、火を焚《た》いていた又五郎が「式はじめにまず膝着のお召しだ」と小声で呟《つぶや》いていたのは、まことにおもしろかった。

一〇三

後宇多院《ごうだいん》の御所《ごしょ》の大覚寺殿《だいかくじどの》でおそばづかえの人々がなぞなぞをこしらえて解《と》いているところへ、医師の忠守《ただもり》が参ったので、侍従大納言公明卿《じじゅうだいなごんきんあききょう》（三条公明）が「わが朝《ちょう》のものとも見えぬ忠守や(31)」となぞなぞにせられたのを「唐瓶子《からへいし》」と解いて笑い合ったので、忠守が気を悪くして出て行ってしまった。

一〇四

荒れた家の人目に立たないあたりへ、女が世間をはばかる節《ふし》があって、退屈そうに引き籠《こも》っているころ、ある方が御訪問なさろうというので、夕月夜のほのぐらい時刻に忍んでおいでになったところが、犬がおおげさに吠《ほ》えついたので、下女が出てどちら様からと聞いたのに案内をさせて、おはいりなされた。心細げな様子はどんなふうに生活していることかと気の毒であった。へんな板敷の上にしばらく立っていると、しとやかな若々しい声で「こちらへ」と言う人があったので、あけ立てても窮屈に不自由な戸をあけて、おはいりになった。室内の様子はそんなにひどくもない。奥ゆかしくも灯《ひ》は遠くうすぐらいほどではあるが物の色合いなどもよく見え、にわか仕込みでない匂《にお》いがたいへんにものなつかしく住んでいた。門をよく気をつけさせて、雨も降りそうですよ、御《み》車《くるま》は門の下へ入れてお供はどこそこへ案内なさいと腰元が下女に言うと、「今夜こそ心丈夫におちついて寝られるでしょう」と内所《ないしょ》で小声にささやき合っているのも、手狭な家だからかすかに聞かれる。

さて一別以来のことなどをこまごまと話して聞かせるうちに、一番鶏《どり》が鳴いた。過《こ》し方行く末のことなどをしんみりと話し合っていると、今度は鶏も元気な声で鳴き立てるから、もう夜が明けたのだろうかと思ったが、夜明け前から帰らなければならない場所がらでもないからすこしぐずぐずしているうちに、戸のすきまが白くなってきて夜が明け放れたから、この夜の忘れがたいことなどを言い、後朝《きぬぎぬ》（男女が一夜を共にした翌朝）を惜しんで出てきた。梢《こずえ》も庭ももの珍しく青く見渡される四月（初夏）のころの曙《あけぼの》がはなやかに情趣があったのをよく思い出すので、そのあたりを通るごとに今も桂《かつら》の木の大きなのが隠れるまで、あとをふりかえって見送られるということである。

一〇五

家屋の北側の日かげに消え残った雪が固く凍りついたのに、差し寄せた車の轅《ながえ》にも雪がかたまってきらきらしている。明け方の月は冴《さ》えきっているが、くまなく晴れ渡ったというほどの空でもない。と見るあたりに人目に遠い御堂《みどう》の廊下に、身分ありげに見える男が女と長押《なげし》に腰をかけて話をしている有様《ありさま》は、何を語り合っているのやら、話はいつ果てるとも思えない。髪、かたちなどすこぶる美しいらしい。言うに言われぬ衣の香が、さっと匂《にお》ってくるのも情趣が深い。身動きのけはいなどが、時たまに聞こえてくるのもゆかしい。

一〇六

高野《こうや》の証空上人《しょうくうしょうにん》が京へのぼろうとしていると、細い道で馬に乗っている女に行き会ったが、馬の口引きの男が馬の引き方を誤って、上人の馬を堀のなかへ落としてしまった。上人はひどく立腹して「これは狼藉千万《ろうぜきせんばん》な。四部《しぶ》の弟子(32)と申すものは、比丘《びく》よりは比丘尼《びくに》が劣り、比丘尼よりは優婆塞《うばそく》が劣り、優婆塞より優婆夷《うばい》が劣ったものだ。このような優婆夷風情《ふぜい》の身をもって、比丘を堀の中へ蹴入《けい》れさせるとは未曾有《みぞう》の悪行である」と言われたので、相手の馬方は「何を仰《おお》せられるのやらわかんねえよ」と言ったので、上人はますます息巻いて「なんとぬかすか非修非学《ひしゅひがく》（仏道修行もせず、学問もないこと）の野郎」と荒々しく言って、極端な悪口《あっこう》をしたと気がついた様子で、上人はわが馬を引き返して逃げ出された。尊重すべき、天真爛漫《らんまん》、真情流露《しんじょうりゅうろ》の喧嘩《けんか》と言うものであろう。

一〇七

女の話しかけた言葉に、すぐさまいいぐあいな返事と言うものは、めったにないものである。というので亀山院《かめやまいん》のおん時に、洒落《しゃれ》な女房どもが若い男が来るたびに、「ほととぎすをお聞きなされましたか」と問いためしてみたところ、某《なにがし》の大納言《だいなごん》とかは「わたくし風情《ふぜい》は聞くこともかないません」と返事をされた。堀川《ほりかわ》内大臣（源具守《ともより》）は「岩倉《いわくら》（京都の上賀茂。具守の山荘があった）で聞いたことがあるようです」と言われたのを、「これは無難《ぶなん》である。わたくし風情はときては困ったものだ」などと批評していた。いったい、男というものは、女に笑われないように育て上げるべきものであるということである。「浄土院前関白殿《さきのかんぱく》（九条師教《もろのり》）は、御幼少から安喜院《あんきいん》様（後堀川天皇の皇后、師教の大伯母にあたる）がよくお教えなされたので、お言葉づかいなどもいい」とある人が申された。山階《やましなの》左大臣殿（西園寺実雄《さねお》）は「下賤《げせん》な女に見られても、たいへんにはずかしくて気がおける」とおっしゃった。女のない世界であったら衣紋《えもん》（装束のつけ方）も冠も、どうなっていようが引きつくろう人もたぶんあるまい。

このように男に気兼《きが》ねをさせる女というものが、どれほどえらいものかと思うと、女の根性はみな曲っていて、自我が強く、貪欲《どんよく》がひどく、物の道理は知らず、迷信におちいりやすく、浮気っぽく、おしゃべりもお得意だのに、なんでもないことを問えば答えない。注意深いのかと思っていると問わず語りには外聞の悪いことまでしゃべり出す。うわべをじょうずにつくろって人を欺《あざむ》くことは男の知恵にもまさっていると思うと、あさはかであとになってしっぽの出ることに気がつかない。不正直で愚劣なのが女である。そんなものの気に入ってよく思われるのは、いやな話であろう。

それゆえ、なんだって女などに気兼ねするものか。もし賢女があったとすれば、人情にうとい、没趣味なものであろう。ただ、男が自分の迷いに仕《つか》え、それに身をまかせているときだけは、女はやさしいものとも、おもしろいものとも感じるわけのものなのである。

一〇八

寸陰《すんいん》（わずかな暇《ひま》）を惜しむ人はない。これは悟りきってのうえでのことか。ばかで気がつかないのであろうか。ばかで懈怠《けたい》の人のために言いたいが、一銭は軽いがこれを積み上げれば貧民を富豪にさせる。それゆえ、金を志《こころざ》す商人が一銭を惜しむ心は切実である。一刹那《せつな》は自覚せぬほどの小時間ではあるが、これが運行しつづけて休む時がないから、命を終わる時期が迅速《じんそく》にくる。それゆえ道を志す道人は、漠然と概念的に月日を惜しむべきではない。ただ現実に即して、現在の一念、一瞬時《とき》がむなしく過ぎ去ることを惜しむべきである。万一だれかが来て、我らの命が明日《あす》はかならず失われるであろうと予告したとすれば、今日の暮れてしまうまで、何事を力とし、何事に身を委《ゆだ》ねるか。我らの生きている今日の一日は、死を予告された日と相違はあるまい。一日のうちに飲食、便通、睡眠、談話、歩行、などのやむを得ないことのために多くの時間を消失している。その余《あまり》の時間とてはいくらもないのに、無益なことをなし、無益なことを言い、無益なことを考えて、時を推移せしめるばかりでなく、一日を消費し、一月《ひとつき》にわたり、ついに一生を送る。しごく愚かなことである。

謝霊運《しゃれいうん》（中国六朝時代の詩人）は法華経《ほけきょう》の訳者ではあったけれども、心は日常、自然の吟詠《ぎんえい》に没頭していたから、恵遠《えおん》（東晋の高僧）の浄業《じょうぎょう》修行の仲間入りは許可しなかった。心に光陰《こういん》（時間、歳月）を惜しんで修行する念がなかったならば、その人は死人にひとしい。光陰を惜しむのはなんのためかというに、自分の内心に無益の思慮をなくし、その身がつまらぬ世上の俗事に関与せぬようにし、それで満足する人は満足するのがいいし、修行をしようとする人はますます労力して修行せよというのである。

一〇九

木のぼりの名人と定評のあった男が人のさしずをして高い木にのぼらせて、梢《こずえ》を切らせたのに、非常に危険そうに思われたあいだは何も言わないでいて、おりるとき、軒端《のきば》ぐらいの高さになってから「怪我《けが》をするな、気をつけておりよ」と言葉をかけたので、「これぐらいなら、飛びおりてもおりられましょうに。どうして注意しますか」と言ったところが、「そこがですよ。目のまうような、枝の危いほどのところでは、自分が恐ろしがって用心していますから申しません。過失は、なんでもないところで、きっとしでかすものですよ」と言った。いやしい下層の者であったが、聖人の訓戒にも合致している。鞠《まり》もむつかしいところを蹴《け》ってしまってのち、容易だと思うときっとし損じると申すことである。

一一〇

双六《すごろく》のじょうずと言われた人に、その方法を問うたことがあったが、「勝とうと思ってかかってはいけない。負けまいとして打つのがいい。どの手が一番早く負けるかということを考えて、その手を避《さ》けて、一目《もく》だけでもおそく負けるはずの手を用いよ」と言った。この道に通じたものの教えである。身を治め国を安泰《あんたい》ならしめる道とても、またこのとおりである。

一一一

「囲碁《いご》、双六《すごろく》を好んで、これに耽《ふけ》って夜を明かし日を暮らす人は、四重五逆《しじゅうごぎゃく》の重罪（仏教で言う大罪）にもまさる悪事であると思う」とある高僧が申されたのが、今に忘れず、けっこうな言葉と感じられた。

一二三

明日《あす》は遠国《おんごく》へ旅行すると聞いている人に対《むか》って、おちついてしなければならない用事を頼む者があろうか。切迫した大事に着手しているとか、切実な悲嘆《ひたん》に暮れている人などは、他人のことなど耳に入れず、他人の喜びや悔《くや》みごとにも行かない。行かないからといって恨《うら》みとがめる人もあるまい。それゆえ、年もだんだんとってきたり、病身になっていたり、ましてや出家している人などももちろん、同じことであろう。人間の礼儀、何が無視できないものがあろうか。世間がうるさいからといって何事も、義理でしかたがない、これを果たそうと言っていたら、願望は増すし、からだは苦しむ、心は忽忙《そうぼう》（いそがしいこと）になる、一生涯は世俗の些《さ》雑《ざつ》な小さな義理に妨害されてむなしく終わるであろう。日が暮れたが前途がまだ遠い、わが生ももはやよろめく力なさである。いっさいの世俗関係をうっちゃらかしてしまうべき時機である。約束も守るまい。礼儀をも気にかけまい。この心もちを感じない人は、われを狂人と言うならば言え、放心者、冷血漢など、なんとなりと思え。そしられたって苦にはしない。ほめたって耳に入れるがものもない。

一一三

四十の坂を越した人が好色の心をひそかにいだいているのは、いたしかたもなかろう。言葉に出して男女の情事を、他人の身の上にもせよ言い戯《たわむ》れているのは、歳《とし》にも似合わず見苦しいものである。だいたい見苦しく聞き苦しいものは、老人の青年らにうちまじって、おもしろがらせるつもりで話をすること。つまらぬ身分でありながら、世にときめいた人を懇意《こんい》らしく言いふらしていること。貧家のくせによく酒宴をもよおしお客を呼んで派手《はで》にやっていること。

一一四

今出川《いまでがわ》の太政《だじょう》大臣菊亭兼季《きくていかねすえ》公（または西園寺《さいおんじ》公相《きんすけ》）が嵯峨《さが》へお出かけになられたとき、有栖川《ありすがわ》（京都・嵯峨にあった地名）の付近の水の流れているところで、賽王丸《さいおうまる》が牛を追ったために足掻《あがき》の水が走って前板のところを濡《ぬ》らしたのを、お車の後に乗っていた為則朝臣《ためのりあそん》が見て「怪《け》しからぬ童《わらわ》だな。こんな場所で牛を追うなんてことがあるか」と言った。すると大臣は顔色を変えて「お前は車の御《ぎょ》し方を賽王丸以上に心得てもいまい。怪しからぬ男だ」と言って、為則の頭を突いて車の内側でこつんとやらせた。この牛飼いの名人の賽王丸というのは太秦《うず》秦殿《まさどの》、信清《のぶきよ》内大臣（藤原信清）の召使いで、天子の御乗料の牛飼いであった。この太秦殿に仕《つか》えている女房には、それぞれに膝幸《ひざさち》、特槌《ことづち》、胞腹《ほうばら》、乙牛《おとうし》などの牛に縁のある名がつけられていた。

一一五

宿河原《しゅくがわら》（現在の神奈川県川崎市にある）という場所で虚無僧《ぼろぼろ》（こじき僧）が多数集合して九品《くほん》の念仏をとなえていたところへ、外から虚無僧《こむそう》が入ってきて「もしや、このなかにいろおし坊と申す梵論僧《ぼろぼろ》はおられますまいか」とたずねたので、群集のなかから「いろおしはわたくしです。そう言われるのはどなたですか」と答えた。すると虚無僧は「自分はしら梵字《ぼじ》というものです。わたしの師《し》匠《しょう》の某《なにがし》という人が、東国《とうごく》でいろおしという人に殺されたと聞いておりますから、そのいろおしという人に会って仇《かたき》をとりたいとたずねております」と言う。すると、いろおしは「よくもたずねて来た。たしかにそんなことがありました。ここでお相手をいたしては、道場《どうじょう》をけがす虞《おそ》れがありますから前の川原でたち合いましょう。どうぞ、みなの衆、どちらへもお加勢は御無用に願いたい。多人数の死傷があっては仏事の妨害になりましょうから」と言いきって、二人で川原へ出かけ合って、思う存分に相手を刺し傷つけ合って、両人とも死んだ。ぼろぼろというものは以前はなかったものらしい。ちかごろになって梵論字《ぼろんじ》、梵字《ぼんじ》、漢字《かんじ》などという者がそれのはじめであったということである。世を捨てたようでいて、我執《がしゅう》が強く、仏道を願っているようでありながら、闘争にふけっている。放逸《ほういつ》な無頼漢《ぶらいかん》みたいだけれど、死を軽んじて生死に拘泥《こうでい》しないのを気もちのいいことに感じているから、右の話も人の話したままを書きつけたものである。

一一六

寺院の称号や、その他何ものにでも名をつけるに、昔の人はすこしも凝《こ》らないで、ただありのままに、簡単につけたものであった。このごろでは考えこんで学識を衒《てら》って見せたふうのあるのは、すこぶるきざなものである。人の名でも、見なれない文字をつけようとするのはつまらぬことである。万事に奇を求め、異説を好むのは、才の足りない人物がよくやることだそうな。

一一七

友達にするのに、よくないものが七つある。一には高貴な身分の人、二には年少の人、三には無病頑健《がんけん》の人、四には酒の好きな人、五には武勇の人、六には虚言家、七には欲の深い人。善《よ》い友は三つある。一にはものをくれる友、二には医者、三には知恵のある人。

一一八

鯉《こい》の羹《あつもの》（吸いもの）を食べた日は、鬢《びん》の毛が乱れないということである。膠《にかわ》にさえ製造するほどの物だから、ねばりけのあるものに違いない。鯉ばかりは主上《しゅじょう》の御前《ごぜん》でも料理されるものであるから、貴《とうと》い魚である。鳥では雉《きじ》が、無類のけっこうなものである。雉や松茸《まつたけ》などはお料理座敷の上にかけてあっても差しつかえはないが、その他のものは入れるわけにはゆかぬ。中宮《ちゅうぐう》（ここでは後《ご》醍醐《だいご》天皇の皇后、禧子）の東二条院のお料理座敷の黒棚《くろだな》に雁《がん》のおかれてあったのを、中宮のおん父の北山《きたやま》入道殿（西園寺実兼《さねかね》）が御覧になって、御帰邸の後すぐお手紙で、このような品がそのままの形でお棚《たな》におりますことは異様に感じられました。無作法のことと思われます、識見のある侍女《じじょ》がおそばにお仕えしておられないためかと思われます。と書き送った。

一一九

鎌倉の海で、鰹《かつお》という魚は、あの辺では無上のものとして近来は賞美されている。これも鎌倉の老人が話したのだが、「この魚は自分らの若年の時代までは相当な人の前へは出なかったものである。頭《かしら》は下男でさえ食べず、切って捨てていたものである」ということであった。このようなものでも世が末になると上流へもはいりこむものである。

一二〇

唐《から》の物は、薬のほかはなくとも不自由はあるまい。書物にしたって、わが国に多くひろまっているから筆写することもできよう。唐船の困難な航海に、無用なものばかり積荷《つみに》してどっさり持ちこんでくるのは、ばかばかしいことである。「遠方の物を宝としない」とも、また、「手に入れにくい宝は尊重しない」とも、書物に書いているということである。

一二一

養《やしな》い飼うものは馬と牛である。つないで苦しめるのは気の毒だけれど、必要かくべからざるものだからしかたがない。犬は家を守り防ぐ勤めが人にもまさるものだから、これまたなくてはならない。けれども、どこの家にもあるものだから、とくに飼育するほどのこともあるまい。そのほかの鳥や獣、いっさい飼うこと無用である。走る獣がおしこめられ鎖につながれては、雲を恋い野山を思い、悲愁《ひしゅう》は絶えまもあるまい。こんな目に自分が会ったら堪《た》え忍《しの》べないとしたら、心ある人はこれを楽しむことをしようや。生きものを苦しめて目を喜ばすというのは桀紂《けっちゅう》（桀・紂ともに中国古代の暴君）のような暴虐な心である。王子猷《おうしゆう》（王徽之《きし》。晋の書生、王羲之《ぎし》の子）が鳥を愛したのは、林中に楽しんでいるのを見て逍遥《しょうよう》の友としたのである。捕えて苦しめたのではない。「いっさいの珍しい鳥や異様な獣を国に養わない」とは、書物にも書いてある。

一三三

人の教養は経書《けいしょ》（儒教の四書五経）に精通して、聖賢《せいけん》の教えをよく心得るのを第一とする。つぎには能書、専門としなくともこれは習うべきである。学問をするうえに得るところが多いものである。つぎに医術を習得するのがよい。わが身を養《やしな》い、他人を助け、忠孝のつとめをするにも医者の心得がなくてはならないものである。つぎには弓術、馬に乗ること、六芸《りくげい》（中国古代の士の必修とされた六つの伎芸）にも上げられている。かならずこれを知っておきたい。文武医の道は、真に欠くことのできないものである。これを学んでいる人を無益無能な者ということはならない。つぎに食は人の天性になくてならないものであるから、食物の調理を心得ている人は大きな徳をそなえているとせねばならない。つぎに細工《さいく》のできるというのも何かにつけて重宝《ちょうほう》である。これ以外のことどもは、多能な君子の恥ずるところである。詩歌に長じ、音楽に巧みなのは、幽玄の道であって、古は君臣ともにこれを重んじたけれど、現代では詩歌音楽をもって国を治めることはだんだんおろそかになったようである。黄金は優良なものではあるが、鉄の実用性の多いのにはおよばぬようなものであろう。

一二三

無益のことをして時を浪費するを、愚かな人ともまちがったことをする人ともいうべきであろう。国家のため、君主のために、ぜひともしなければならないことが多い。それに時を捧《ささ》げたらその余《あまり》の暇は、いくらもないものと知らねばならない。人間たるものがどうしても営まなければならないものは、第一に食物、第二に着物、第三に居所である。人間のたいせつなものは、この三つ以上のものはない。飢えず、寒からず、風雨に冒《おか》されないで静かに過ごすのが、人間の楽しみである。けれども人はだれしも病気がある。病にかかると、この苦痛心配は堪《た》え難《がた》い。医療を無視することはできない。薬をも加えて、それらの四つ、衣食住とさらに薬を得ることのできないのを貧しいとし、それらの四つに不自由しないのを富んでいるとする。この四つのほかを求め営むのを贅沢《ぜいたく》とする。この四つのことなら、質素を心がけたら、どんな人でも足らぬものはないはずである。

一二四

是法《ぜほう》法師は浄土宗で何人《なんぴと》にも恥じない人であるが、学者ぶらないで、ただ朝夕念仏をして気楽に世を渡っている有様《ありさま》は、じつにわが理想的な境涯である。

一二五

人に死なれて四十九日の仏事に、ある高僧に来ていただいたところ、説法がけっこうで人々みな涙を流した。導師が帰ってからのち、聴聞《ちょうもん》（説教などを聞くこと）の人々が「いつもよりは今日は特別にありがたく感じられました」と感心し合っていると、ある人が「なにしろあれほど唐《から》の狗《いぬ》（犬）に似ていられるのですものね」と言ったのには、感動もさめて吹き出したくなった。そんな導師のほめ方なんてあるものか。また、「人に酒をすすめるつもりで、自分がまず飲んでから人にしいようというのは、剣で人を切ろうとしているようなものである。両方に刃がついているから、ふり上げたとき、まず自分の頭を切るから相手を切ることはできない。自分がまず酔い倒れたら、人にはとても飲ませられはすまい」とも言った。剣で人を切ってみたことがあるのだろうか、じつにこっけいであった。

一二六

賭博《とばく》ですっかり負けて、有り金を全部賭《か》けようと決心した相手に出会ったら、けっして打ってはならない。今まで負け通した男に、悪運が転じて、つづけさまに勝つ機運になってきたのに気がつかねばならない。こんな時機に運を見抜くのがえらい賭博者というものであると、ある人が言った。

一二七

改めても益のないことは、改めないのがよいのである。

一二八

大納言《だいな》　源《ごんみなもとのまさふさきょう》　雅房卿は学才もすぐれ物のわかった人で、後宇多上皇《ごうだじょうこう》も近衛《このえ》大将にでもしようかとお考えになっていたおり、上皇のおそばの者が「ただ今怪《け》しからぬことを見て参りました」と申し上げたので、上皇は「何事か」とおたずねあそばされると「雅房卿が鷹《たか》に餌《え》をやるのに生きた犬の足を切りましたのを、中垣の穴から見ました」と言上《ごんじょう》したので、いやらしく、憎らしく思《おぼ》し召《め》されて日常の御機嫌《ごきげん》も以前とは変わり、雅房を昇進なされなかった。あれほどりっぱな人が鷹を飼っておられたのは、意外なことではあるが、犬の足の件は、あとかたもないことである。でたらめは雅房卿に気の毒ではあるが、上皇がこれをお聞きあそばされて、御《おん》憎しみをもよおさせられたお心はまことにありがたい。

いったい、生き物を殺したり、傷つけたり、咬《か》み合わさせたりして遊び楽しむ人は、畜生が同類相食《あいは》むと同様である。すべての鳥獣はたとい小さな虫にしても注意してその生態を見ると、子を思い親を慕《した》い、夫婦相伴《あいともな》う。そねんだり、怒ったり、欲ばったり、自分の身をたいせつにし、命を惜しむこと、人間と同じだが、人間にくらべて愚痴《ぐち》一方なものだけに人間以上にさらにはなはだしいものであるから、そんなものに苦しみを与え生命を奪うことが、どうしてかわいそうでなかろう道理があろうか。いっさいの動物を見て慈悲の心を起こさないのは人間の仲間ではない。

一二九

顔回《がんかい》（孔子の第一弟子）の心がけは、他人に苦労をかけまいというのであった。いったいに人を苦しめたり、いじめたりすることはもちろん、賤《いや》しい者の意志をでもじゅうりんしてはならない。また、幼少な子どもを欺《あざむ》いたり、脅《おど》かしたり、からかいはずかしめて喜んだりすることがあるけれど、おとなにとっては、本気のことではないから、なんでもないと思っているが、子どもの幼い心には真実に恐ろしくもはずかしくもなさけなくも感ずることが痛切であろう。おとなたる者の喜怒哀楽にしたって、みな虚妄《きょもう》であるのに、これを悟らないで、惑《まど》わしの外形のすがたに執着しているではないか。肉体を破損するよりも精神に痛苦を与えるほうが、人を傷つけることが一段とはなはだしい。病にかかることも多くは内面からである。外部からくる病気というものは少ない。薬を飲んで発汗《はっかん》を企《くわだ》てても効験《こうげん》のない場合があるのに、一度、羞恥《しゅうち》や恐怖を感じたら、きっと汗を流すのは精神の作用であるということに気がつかねばなるまい。凌《りょう》雲閣《うんかく》の額《がく》を書かせられて、一朝にして白髪の人となった韋《い》誕《たん》(三国時代の魏の能書家)の故事《こじ》のような例もあるではないか。

一三〇

物事を人と争わず、自分の意志を屈して人の意向に従い、自分の身のことはあとにして、人のことを先にするのが何よりである。

いろいろの遊戯でも、勝負を好む人は勝って愉快を得んがためである。自分の技《わざ》のまさっていることに満悦《まんえつ》するのである。それだから、負けるとつまらぬ思いがするのは、もちろんである。自分が負けて人を喜ばせようと考えたらいっこうに遊戯の興味はあるまい。人につまらぬ思いをさせて、自分が愉快を感ずるなどは徳義にかなわない。

親しい間柄でふざける場合にも、人をたぶらかして自分の知のすぐれているのをおもしろがることがある。これも非礼である。それだから、はじめは座興に起こったのに、長い恨《うら》みを結ぶようなことがよくあるものである。これらはみな、勝負を好むところから起こる失策である。人にまさろうと思うならば、学問をしてその知で人にまさろうと考えたらよかろう。道を学んだならば、善に誇らなくなり、仲間とは争うべきものではないということがわかってくるからである。時には高位大官をも辞し、利益をも捨てることができるのは、ただ学問のおかげである。

一三一

貧しい者は財力を用いて礼儀をつくそうとし、老いた者は体力を用いて礼儀とする。ともに非である。自分の身のほどを知って、できそうもないことは、さっそく廃止するのが上分別《じょうふんべつ》というものでなければならない。これを許さないのは、許さぬ人の心得違いである。身のほどをわきまえないでむりな努力をしようとするのは、する人の心得違いである。貧者が身のほどをわきまえない場合は盗みをし、力が衰えて、身のほどをわきまえない場合は病気をする。

一三一

鳥羽《とば》の作り道（京都にあった大通りの一つ）というのは、鳥羽殿（白河天皇の造った御所）が応徳《おうとく》三年（一〇八六）に建てられて以来にできたのではない。昔からの名前である。元良《もとよし》親王（陽成《ようせい》天皇の第一皇子）が元日の奉賀の声がすこぶるすぐれていたので式場の大極殿《だいごくでん》（大内裏の正殿）から鳥羽の作り道まで聞こえたということが、式部卿《しきぶきょう》重明《しげあきら》親王（醍醐天皇の皇子）の記録にあるということである。

一三三

天子《てんし》の御寝所は、東の御枕《みまくら》でおわせられる。すべて東方を枕にすると陽気を受けてよいというので、孔子も東を枕にされた。一般に寝所の設備は、東枕でなければ南枕にするのが普通であろう。白河院《しらかわいん》は北枕でおやすみあそばされた。北は粛殺《しゅくさつ》の気のある方角で、忌《い》むべきものである。そのほかにまた、「伊勢は南である。北枕をなされば白河院は御足《みあし》を大神宮に向けられたわけで、これはいかがなものか」と申した人があった。しかし、朝廷で大神宮の御遥拝《ようはい》の場合は東南に向かってあそばしておられる。南方ではない。

一三四

高倉院《たかくらいん》の法華《ほっけ》堂に三昧《ざんまい》（仏道修行の一つ）を修している僧の某《なにがし》の律師《りっし》という者は、ある時、鏡で自分の顔をつくづくと見て、自分の容貌《ようぼう》の醜悪で陋劣《ろうれつ》なのに、非常に苦痛を感じて、鏡までがいまいましい気がして、以来久しく鏡を恐れて手にさえ取らず、いっこう人とも交際することをせず、御堂《みどう》の勤めのときだけ人に会うほかは、室内に籠《こも》ってばかりいたと聞いたが、ありがたいことに感ぜられた。

賢そうな人でも、人の批評ばかりしていて、自分のことは知らないものである。自分を知らないでいて他を知るという道理はあるはずもない。それゆえ自分を知っているのを、物を知る人と称すべきである。形が醜《みにく》くとも気がつかず、心の愚なのをも知らず、芸の拙劣《せつれつ》も知らず、自分のつまらぬ人物というのも知らず、自分が年取ったのも知らず、病気になりそうなのも知らず、死の近づいているのをも知らず、行なう道の未熟をも知らず、わが身の欠点をも知らず、まして他人が誹《そし》っていることも知らないのである。しかし容貌なら鏡で見られる、年は数えてみれば知れる。自分のことをまんざら知らないではないが、意識してみたってはじまらないから無自覚なようにふるまっている。と弁解しそうである。別に、容貌を改め、齢《よわい》を若くせよと言うのではない。身の拙《つたな》きに気づいたら、なぜさっそくに退かないのか。年老《と》ったと知ったら、なぜさっそくに隠退し閑居しないのか。行ないが至らぬと自覚したら、なぜ他人を推《お》して身は退《ひ》かないのか。

いったい人に敬愛せられないで衆に交わっているのは恥辱である。形醜く心怯《おそ》れながら宮に出て仕《つか》えたり、無知でありながら大才《たいさい》に交わったり、未熟の芸をもって練達《れんたつ》の人の座に加わったり、頭に雪をいただきながら壮者《そうじゃ》と並んだり、ましてや、力およばぬことを希望したり、さらにその望みの叶《かな》わぬことを嘆《なげ》いたり、来るはずのないことを期待して、人を恐れ、人に媚《こ》びるなどは、人の与える恥辱ではない。貪欲《どんよく》の心に引かれて、われとわが身をはずかしめているのである。貪欲の念の止《や》まない結果、眼前に死が来ているのをさえ確実に認識できないのである。

一三五

資季大納言入道《すけすえのだいなごん》（藤原資季）とかいう人が、具氏参議中将《ともうじの》（源具氏）にあって

「貴君が質問されるぐらいのことならば、なんなりとお答えのできないことはありますまい」と言われたので、具氏は「さあ、どんなものでしょうかな」と言うと、「それじゃ、ためしてごらんなさい」と言われたから、「満足なことはまるでこころがけてみたこともありませんから、おたずねすることもできません。なんでもない言い草みたいなことのなかで意味の知れないことをおたずね申し上げましょう」と言ったので、「何がさて日本の事柄で浅俗なことなどは、なんなりと解き明かしましょう」と申したので、院のおそばの人々や、侍女なども「これはおもしろい勝負でございます。同じことならば院の御前《ごぜん》でなすって、負けたほうが御馳走《ごちそう》をあそばせ」と決めて、院の御前へ参上させて勝負をつけさせたところ、具氏は「子どものころから聞いておりますが、意味の知れないことがございます。馬のきつりよう、きつにのをか、なかくぼれいりくれんどう[33]と申すことは、どういうわけでございましょうか、お聞かせくださいませ」と申させたので、大納言入道はグッとつまって、「それはたわいもないことだから言う価値もない」と言われたのを「はじめから満足な事柄は学んでおりません。言い草をおうかがい申しましょうと、お断り申し上げています」と申されたので、大納言入道殿の負けに決定して、賭《か》けを厳重に申しつけられたということである。

一三六

医者の篤茂《あつしげ》（和気《わけの》篤茂）が、故花園《はなぞの》法皇の御前《ごぜん》に伺候《しこう》していたとき、院が召し上がるお膳《ぜん》が出たのを、篤茂は「ただいま参りましたお膳部の一々の品について、その文字、その功能をおたずねくださらば、わたくしは暗記でお答え申しますほどに植物書（薬用植物などを研究する本草学の書物）とおくらべ合わせ願い上げとうぞんじます。一つもまちがいは申し上げますまい」と言っているところへ、ちょうど、故六条《ろくじょう》内大臣有房《ありふさ》公（源有房）が参られて「では我々がついでに教えていただきましょう」と言って「まず、しおという字は、何偏でしょうか」と問われたら、「土偏《つちへん》(34)でございます」と申したので、内大臣は「もう君の学才の底も見えました。それだけでたくさんです。言うまでのこともございません」と申されたので、大笑いになって、篤茂はそこそこと退出した。

一三七

花は満開を、月は明澄《めいちょう》なのをばかり賞すべきものではあるまい。雨に対して月にあこがれたり、家に引き籠《こも》っていて気のつかぬうちに春が過ぎてしまっていたなども、情趣に富んだものである。もう咲くばかりになっていた梢《こずえ》だの、散りしおれた庭などこそ見どころが多いのである。歌の詞書《ことばがき》にも「花見に行ったらもう散り果てていたので」とか「差しつかえがあって見に行けないで」などと記してあるのは、花を見てというのにけっして劣ろうや。花が散り、月がはいるのを名残《なご》り惜しく思うのはもっともなことであるが、無風流な人に限って、あの枝もこの枝も散ってしまった。もう見る値打ちもないなどと言いたがるものである。

すべてなんにつけ、初めと終わりとが趣《おもむき》の多いものである。男女の情にしても、ただ会うばかりが恋愛の趣味ではあるまい。会えないで苦しんだことを思ってみたり、心変わりしたのを嘆《なげ》いたり、長い夜をひとりで恋い明かしたり、遠い空に愛慕の思いを馳《は》せたり、わびしい住居《すまい》に昔日《せきじつ》の情を追慕するなどが、真《まこと》の恋愛を知る人というものであろう。満月の晴れ渡ったのを千里の果てまで飽かず賞したのよりは、もう夜が明けそうになってから出たのが、いっそう色あざやかに青みがかって、深山の杉の梢頭《しょうとう》に現われて木の間の影や時雨《しぐれ》のした雲の奥に見えたのなどが、このうえなく感じの深いものである。椎《しい》や樫《かし》などの湿っているような葉の上にきらきらと照っているのを見たりすると、身にしむ思いがして趣を知る友がいたならばなあと、山棲《やまず》みの身のふと都が恋しく思われてくる。

そもそも月や花は、そんなに目ばかりで見るものではない。春景色《はるげしき》は家のなかから出ないだってても、月影は臥床《ふしど》にいて感じているのが、深みのある風情《ふぜい》であろう。上品な人はむしょうに愛好する態度ではない。楽しむ様子にも程《ほど》がある。片田舎《かたいなか》の人に限ってしつっこく極端に喜ぶ。花の下に押し寄せてわき目もふらずに凝視《ぎょうし》して、酒は飲む、連歌《れんが》はする、はては見るだけで満足せずに、大きな枝などを心なくへし折る。清水には手足を突き入れてみるし、雪にはおりて行って踏みつけるなど、何事も静かに鑑賞することができない。

こんな輩《やから》が、賀茂《かも》のお祭を見ている様子はじつに奇観であった。「見るものはまだまだだいぶ間がある。それまで桟敷《さじき》に用もない」と言って奥のほうの家で酒を飲んだり、物を食べたり、囲碁《いご》や双六《すごろく》などをして遊び、桟敷には番人を見張りにつけていたから「お通りですよ」と知らされたときに面々は肝《きも》をつぶさんばかりにわれがちに桟敷へ争い上がって、落っこちそうになるまで簾《すだれ》から身を乗り出し、押し合いながらも何もかも見落とすまいと注視して、「ああだ、こうだ」と、いちいち批評して、行列が過ぎてしまうと、「また来るまで」と言っておりて行った。ただ行列だけを見ようというのであろう。都の人の堂々たるお方は、眠っていて、よくも御覧にはならない。若い下端《したつぱ》の人などは見物をよそに御用勤めに働いて、後のほうにお供をしている者は不体裁《ふていさい》にのび上がって見るようなこともせず、むりに見ようとする人もない。

葵《あおい》（フタバアオイのこと）を掛け並べた町がなんとなく優雅なのに、夜の明け放れもせぬうちから、人に知られないように道ばたに寄せている車の奥ゆかしいのを、どなたのはあれかこれかなどと想像してみていると、牛飼や下郎などの見知り越しの者がまじっていて、車の主がおのずと見当がついて来る。あるものは風雅に、あるものは華麗《かれい》に、さまざまに装うて行き交《か》うさまは、見ていて飽くこともない、日の暮れかかる時分には立ち並んでいた車も、すきまなく立っていた人々もどこへ行ってしまったものやら、追々《おいおい》と群集もまばらになって車などの騒がしさもやんでしまうと、簾や畳《たたみ》など取り払われて目の前が寂しそうになってゆくのは、無常な人の世の出来事などにくらべて思い当たるのが哀愁《あいしゅう》をもよおす。こんな大路《おおじ》を見たのこそは、祭を見たことにもなるのである。

桟敷の前を往来する人に顔見知りが多いので気がついた。世間の人の数というものも、そうは多いのでもない。これらの人がみな失《う》せるであろう。我が身としても死なねばならないに決まっている、最後にとしたところで、まもなく自分の順番がくることであろう。大きな器《うつわ》に水を入れて小さな孔《あな》をあけたと仮定して、滴《したた》ることはすこしではあるが、休むまなく漏《も》れてゆくから程なくすっかりなくなってしまうわけでしょう。都の中に多数にいる人の、死なないという日はけっしてない。一日に一人二人ぐらいとは限ってもいまいに。鳥部野《とりべの》、舟岡山《ふなおかやま》（いずれも京都にあった墓地・火葬場）、その他のいやな野山に、弔《とむら》いを送る数のたくさんある日はあるけれど、今日は葬式を一つも出さないという日というのはない。それゆえ棺桶《かんおけ》を売る者は、作ったのを店においておくひまもない。年若な者、強健な者の区別もなく、不意にくるのが死期である。今日まで死をのがれてきているのが、ありがたいふしぎである。暫時《ざんじ》も悠然《ゆうぜん》たる気もちでおられようか。まま子立《こだて》という遊戯を、双六《すごろく》の石で配置しておくと、取られるのはどの石ともわからないけれど、数えあてて一つを取ると、その外のは取られないですむと思っていると、たびたび数えて、あれこれと抜き取ってゆくうちに、どれ一つも取られないでいるというのはないと、同じようなしだいである。兵士の出征するのは、死に直面するのを承知のうえで、家をも身をも忘れている。遁世者《とんせしゃ》の草の庵《いおり》では、悠然《ゆうぜん》と泉石《せんせき》を楽しんで兵乱殺生《せっしょう》をよそにしていると思うのは、はなはだ浅薄《せんぱく》なものである。平和な山奥だとて、無常という敵は先を争って攻め寄せないではない。死に直面している点は、身を軍陣に置いているのと同然である。

一三八

加茂《かも》の祭がすんでしまえばあとの葵《あおい》は用もないと言って、ある人が御簾《みす》にあったのをみな取り払わせたのを、すげないことに感じたことがあったが、りっぱなお方のなさったことであったから、そうするのがいいのであろうかと思っていたけれど、周防《すおう》の内侍《ないし》（平仲子、平棟仲《むねなか》の娘。歌人）が「かくれども、かいなき物はもろともに、みすの葵の枯葉なりけり」と詠《よ》んだのも、母屋《もや》の簾《すだれ》にかかっていた葵の枯葉を詠んだものだということを内侍の家集に記している。古歌の詞書《ことばがき》に「枯れたる葵《あおい》にさしてつかわしける」というのもある。枕草子《まくらのそうし》にも「来《こ》し方《かた》恋しきもの、枯れたる葵」と書いているのはたいそうなつかしく思い当たった。鴨《かも》の長明《ちょうめい》が四季物語にも「たまだれに後《のち》の葵はとまりけり」と書いている。自然と枯れてゆくのでさえ惜しく思われるものを、どうして祭がすむかすまぬにあとかたもなく取り捨てることに忍びようや。

御帳《みちょう》にかけた薬玉《くすだま》も九月九日には菊《きく》に取り代えられるということだから、菖蒲《しょうぶ》は菊のおりまでそのままに残しておくのがよいのである。枇杷《びわの》皇太后宮さま（三条天皇の皇后、研子）が崩御《ほうぎょ》になったあと、古い御帳のなかに、菖蒲や薬玉などの枯れたのがあるのを見て「おりならぬ根をなおぞかけつる」と弁《べん》の乳母《めのと》（藤原順時《まさとき》の娘で、敦兼《あつかね》の妻。歌人）が言ったので、「あやめの草はありながら」という返事を江《ごう》の侍従《じじゅう》（大江匡衡《まさひら》と赤染衛門の娘。歌人）も詠んだものでした。

一三九

家に植えておきたい木は松、桜である。松は五葉《ごよう》もよいが桜は一重《ひとえ》がいい。八重桜《やえざくら》はもとは奈良の都にだけあったのを、現今ではだんだんと世に多くなって来た。吉野山の花や左近《さこん》の桜もみな一重である。八重桜はちょっと趣《おもむき》の変わったものではあるが、しつっこくてすっきりしない。植えたくもないものである。おそ桜もまた無趣味である。虫のよくつくのもいとわしい。梅は白梅、うす紅梅《こうばい》の、一重のものが早く咲くのも八重の紅梅の濃艶《のうえん》なのも、みな趣がある。おそ咲きの梅は桜と咲き合うから圧倒されて見おとりがするので、枝に萎《しな》びついて生気がないようでいけない。一重なのが第一に咲いて散ったのが気早くておもしろいというので京極《きょうごく》入道中納言《ちゅうなごん》（藤原定家）は、やはり一重の梅を軒近《のき》くお植えになられた。京極の邸《やかた》の南面に今も二本あるようである。柳もおもしろいものである。四月のころの若楓《かえで》は、あらゆる花や紅葉《もみじ》にもまさって珍重なものである。橘《たちばな》、桂《かつら》、いずれも樹木は古い大木が好もしい。

草は山吹《やまぶき》、藤《ふじ》、杜若《かきつばた》、撫子《なでしこ》、池には蓮《はす》、秋の草は荻《おぎ》、薄《すすき》、桔梗《ききょう》、萩《はぎ》、女郎花《おみなえし》、藤袴《ふじばかま》、紫苑《しおん》、われもこう、苅萱《かるかや》、龍胆《りんどう》、白菊《しらぎく》、黄菊もいい、蔦《つた》、葛《くず》、朝顔などは、どれもあまり高くないちょっとした垣に繁茂しすぎないのがよい。このほか珍奇なものや、唐《から》らしい名の聞きにくく、花も見なれないものなど、どうもなつかしくない。いったい、なんでも、珍しくめったにないようなものは下賤《げせん》の人の翫賞《がんしょう》するものであるが、さようのものは、なくてもよいものである。

一四〇

死後に財宝を残すようなことは知者のせぬところである。よくないものをたくわえておくのも品格を下げるし、りっぱなものは執着のほどを思わせるので趣味性ならぬ、人生観を浅薄に思わせる。ましてさまざまなものがごたごたとあるのはいよいよいけない。自分が手に入れたいという人々が現われて、争いになるのは不体裁《ふていさい》である。のちにだれに譲りたいと思うものがあるなら、生存中に譲るべきである。毎日欠くべからざるものはなくてはなるまい。それ以外のものは、なに一つ持たないでいたいものである。

一四一

悲田院《ひでんいん》（老病者・孤児などの救済施設。はじめ興福寺に設けられたが、のち諸国にも設置された）の堯蓮上人《ぎょうれんしょうにん》は俗姓は三浦《みうら》の某《なにがし》とかいって、もとはこのうえなしの武者であった。故郷の人が来て話をして、東国の人は言ったことが当てになる、都の人は口先ばかりがよくて実意がないと言ったのに、上人は、「それはそう感じられるかもしれないが、自分は都に久しく居住して慣れてみると、この土地の人の心が必ずしも劣っているとも思われない。いったいに心が柔和《にゅうわ》で情があるから、人の言うことをはっきりと断りかねて、何かとはっきり言いきることができないので、気が弱くて引き受けてしまうのである。偽りを言うつもりはないのだが、貧乏で不如意《ふにょい》な人が多いから自然と不本意なことも生ずるのであろう。東国の人は、自分の生国《しょうごく》ではあるが、実を言うと心は単純で、人情も粗野に、正直一方なだけにはじめからきっぱり謝絶もする。生活にはゆとりがあるから、人に信頼される結果になる」と理解せられたとのことであった。この上人は言葉には訛《なま》りがあり、声が荒々しく、とても仏法の微妙な味などわかりそうにもないのにと思っていたが、今の言葉を聞くにおよんで奥ゆかしく覚えて、仏道に人も少なくないのに、とくに一つの寺を支配しておられるのは、このようにやさしい人情もあり、この得《とく》もあるのだと感じたことであった。

一四二

心なしとも見える者でも名言を言うことはあるものである。ある荒夷《あらえびす》（関東の荒武者）の恐ろしげな者が、かたわらの人に向かって、「お子さんはおありですか」と問うたので、「ひとりもありません」と答えると、「それでは情愛はおわかりにはなりますまい。むごい冷たいお心でいられようと思われて恐ろしくなります。子があればこそ、はじめてよろずの情愛というものが会得《えとく》されるのです」と言った。なるほどと思われる言葉である。恩愛の情によらないでは、こういう野蛮な民に慈悲の念がありえようか。孝養の心のない者も、子を持ってはじめて親の心もちも思い知るのである。

遁世者《とんせしゃ》のスッカラカンが万事に束縛の多い世間人を見て、世にへつらい欲望の深いのを無下《むげ》に軽蔑《けいべつ》するのはまちがった話である。その人の心もちになってみたらば、定めし悲しいことであろう。親のため妻子のためには、恥をも忘れて盗みをやりそうなことではある。それゆえ、盗人を捕縛し、他の悪事を詮議《せんぎ》するよりは、世の人の飢えず凍《こご》えないような社会にしてほしいものである。人は定収入がないと恒心《こうしん》も持てないものである。せっぱつまって盗みもする。世の中がうまく治《おさ》まらないで凍えたり飢えたりするような苦痛があると、犯罪者は絶えないわけである。人民を苦しめて法禁を犯させるようにし向けて、それに罪を科するというのは不便《ふびん》なわざである。

しからばどうして人民を恵んだらよいかと申すなら、社会の上流に立つ者が奢侈《しゃし》浪費をやめて民を愛撫《あいぶ》し、農業を奨励する。こうすれば下民が利益を受けること疑いはない。衣食住が人並みであるのに盗みを働く者こそ、ほんとうの盗人と言うべきではある。

一四三

人の臨終の有様《ありさま》のりっぱであることなどを人の話すのを聞くと、ただ平静で取り乱されなかったとだけで奥ゆかしいのに、愚人どもはこんなふしぎな瑞相《ずいそう》（めでたいことのおこるしるし）があったなどと付会《ふかい》して（こじつけて）臨終の際の言葉も動作も自分勝手の意味をつけてほめそやす、これでは死者が平素の本懐にも違背するだろうにと思われる、臨終という大事件は仏菩薩《ぶつぼさつ》がかりに人間に現われたほどのお方も、また博学の学者が批評も考量もおよぶべきではない。当事者の本心さえ教えに違《たが》うところがなかったならば、他人の見聞などはどうでもよいことである。

一四四

栂尾《とがのお》の明恵上人《みょうえしょうにん》（京都の右京区にある高山寺の高僧）が道を通っておられると、川で馬を洗っていた男が「あし、あし」と言っていたので、上人は立ち止まって「ああ、ありがたい。前世の功徳《くどく》を現世で現わされた方だ。阿字阿字《あじあじ》(35)と称《たた》えていらっしゃる。どなた様の御馬《おんうま》でございましょうか。異常にもったいなくぞんぜられます」とおたずねになると、その男は「府生殿《ふしょうどの》（府生は、検非違使庁《けびいし》などに勤める下級の役人のこと）のお馬でございます」と答えたので、「これはこれは、ありがたいことです。阿字本不生《あじほんぶしょう》ですからなあ。この結縁《けちえん》はまことにありがたい一日でございました」と上人は感涙《かんるい》をぬぐわれたということです。

一四五

御随身《みずいじん》（公家の警護役）の秦重躬《はたのしげみ》は北面武士の下野入道《しもつけの》信願《しんがん》のことを「落馬の相《そう》のある男です、注意しなければなりませんな」と話したがだれも信じる人もなかったが、信願はほんとうに馬から落ちて死んだ。道を通じた人の一言は神のようだと人々は感心して、「それにしても、どういうところに現われていた相でしたか」と人が質問すると、「非常にすわりの悪い尻で、そのくせ悍馬《かんば》（あばれ馬）が好きときていたから、落馬の相と判断しました。言いまちがってはおりませんよ」と言われたとのことです。

一四六

明雲座主《めいうんざす》（延暦寺の住職）が人相見《にんそうみ》にお会いになったとき、「自分はもしや剣難の相《そう》がありはしないか」とおたずねになると、相者《そうじゃ》は「なるほど、その相がおありです」と申し上げた。座主が「どういうわけであるか」とお問いになると「負傷殺害などの御懸念《けねん》のない御身分でいらせられながら、そんなことをお思いあそばされておたずねなさるのが、すでにその奇禍《きか》の前兆でございましょう」と申した。はたして、木曾冠者《きそのかんじゃ》（木曾義仲《よしなか》）が法住寺《ほうじゅうじ》を襲撃した際に、流れ矢に当たって亡《な》くなられた。

一四七

灸点《きゅうてん》があまりたくさんになると汚《けが》れた者として神事にははばかりがあるということを、ちかごろ言い出した向きがあるが、格式書の類《たぐい》には書かれてもいないということである。

一四八

四十以上の人が灸《きゅう》をするとき、三里（左右の膝《ひざ》下あたりのツボ）を焼いておかないと逆上することがある。きっとまず三里に灸をしなければならない。

一四九

鹿《しか》の袋角《ふくろづの》（角が落ちてまた新しく生えた角）を鼻にあてて嗅《か》いではいけない。小さな虫がいて、鼻から侵しはいって脳を蝕《むしば》むという。

一五〇

芸能を身につけようとする人は、それに達しない間はなまなかに人には知らせないで、内々によく習い覚えてから人中へ出るのが奥ゆかしくてよいとは人のよく言うところではあるが、こんな考えの人は一芸も習い得るものではない。まだぎごちなく未熟な中からじょうずな人の間にまじって嘲笑をも恥じずにかまわずやり通していく人が、生まれつきにその器用がなくても途中で停滞することもなく、放漫に流れることもなしに年期を入れたら、器用でも不勉強なのよりはかえってじょうずになり、徳もおのずと備《そな》わり、人にも許されて、無比の名声を博することがあるものである。

天下に知れ渡ったじょうずでも、はじめはへたという評判もあり、ひどい欠点もあるものである。しかしその人がその道の道筋を正しく守って身勝手をつつしみ、努力していったなら、世の物知りともなり、万人の師として仰がれるようになるのは、諸道みなその軌《き》を一《いつ》にしている。

一五一

ある人の説に、年五十になるまでに熟達しなかった道は廃棄すべきである。その理由は、励《はげ》み習うべき将来もなく、老人のすることは他人も笑うことができない。衆にまじっているのは愛想のつきる不体裁《ふていさい》である。総体に年を取った人は、万事を放擲《ほうてき》して閑散に処するのが似つかわしくて好もしい。世俗のことに関与して生涯をあくせくと暮らすのは愚である。ゆかしくて覚えたいと思う芸があったら、学び聞くとしてもひととおり趣《おもむき》がわかったら、あまり深入りしないでやめたほうがよい。無論、最初からそんなことを思いつかずにすんだら最上である。

一五二

西大寺《さいだいじ》の静然上人《じょうねんしょうにん》は腰がかがまり、眉《まゆ》は白く垂《た》れ、実に高僧の面目をそなえて内裏《だいり》へ参られたのを、西園寺《さいおんじ》内大臣殿が「ああ、尊《とうと》いお有様《ありさま》だなあ」と信仰のきみがあったのを、日野《ひの》資朝《すけとも》(36)卿が見て「年を取っただけのことでさ」と言われた。さて後日になって、見るかげもなく老衰して毛もはげているむく犬を「この犬の様子も尊く見えますから」と西園寺内大臣の許《もと》へ贈ったという。

一五三

為兼大納言《ためかねだいなごん》入道(37)が召し取られて、武士どもがとり囲んで六波羅《ろくはら》へ曳《ひ》いて行ったのを、日野《ひの》資朝卿《すけともきょう》が一条あたりで見かけて、「実に美しい。人として世に生まれ出たかいには、こういうことになってみたいものである」と言われたとのことである。

一五四

この人（日野資朝）が、あるとき、東寺《とうじ》の門に雨やどりをされたことがあったが、不具者どもの集まってきているのがあって、手足がねじれ歪《ゆが》んだり、そりかえったり、どちらを向いてもかたわの異様なのを見て、それぞれに無類な奴らである。はなはだ賞翫《しょうがん》するに足ると考えながら見守っておられたが、しばらくすると興味がつきて醜くうっとうしいものに感じられてきて、ただ普通の平凡なものにはおよばぬと考えて、帰ってからのち、このごろ植木を愛好して奇異にまがりくねったものを求めて喜んで見ているのは、あの不具者を愛するわけであったとつまらなく感じたので、鉢に栽《う》えていたさまざまな木はみな投げ捨ててしまわれた。実にそうあるべきことである。

一五五

俗に順応して世に生きる人は、まず第一に時機を察知しなければなるまい。順序が悪いと、人の耳にも逆らい、心もちをもそこない、事は成就《じょうじゅ》しない。これほどたいせつな機運というものをわきまえなくてはならない。しかし、病気になるとか、子を産《う》むとか、死ぬることなどに従っては、時機も何もない。折が悪いといって見合わすこともない、発生、存生《そんじょう》、異状、壊滅の四相の移り変わる真の重大時は、あたかもみなぎる奔流《ほんりゅう》のように停止するところを知らない力である。寸時も停滞せず、即時に変化進行を実現する。それゆえ、真理に関する方面の努力にしろ、世俗的な業《わざ》で、この一事はかならず遂行しようと思うほどのものは、時機などは問題ではない。あれこれと準備も用意も必要はない、即刻実行に着手するがいい。

春が暮れて夏になり、夏が終わって秋がくるのではない。春はその時に早くも夏の気をもよおし、夏の時すでに秋の気が来ているのである。秋はやがて冬の寒さを伴い、初冬陰暦十月の小春《こはる》の天気は、春の気にかようて草も青み、梅も青みを持つ。木の葉の落ちるのもまず落ちてから芽を萌《きざ》すのではない。下に萌し、衝《つ》き張る力をささえ切れなくて落ちるのである。迎える気が下に準備されているから、推移の順序がすこぶる早いのである。人生の生老病死の推移のくることも、その早さはそれ以上である。四季の推移には、それでもまだしも一定の順序もある。死期は順序も待たない。死は前方から目に見えてはこない。あらかじめ背後に切迫している。人はみな、死のあることは承知しているが、今にとのんきにかまえている人に対して不意を襲う。沖まで干潟《ひがた》が遠く見えているけれども、磯《いそ》には突如と潮の満ちてくるようなものである。

一五六

新任大臣の披露宴《ひろうえん》は、相応な堂々たる所を借りて挙行されるのが常例である。藤原頼長《ふじわらよりなが》公は東三条院殿《とうさんじょういんどの》を拝借して披露の宴《うたげ》をなすった。当時帝《みかど》がこの殿に御座ましましたのに、公の拝借奏請《そうせい》でわざわざ行幸《ぎょうこう》あそばされた。別だんに皇室と御縁つづきということのない方でも、女院《にょういん》の御所《ごしょ》などを拝借して挙行するのが故実《こじつ》にかなうのだそうである。

一五七

筆を取ればその気になって物が書かれ、楽器を取れば音を出したいと思い、盃《さかずき》を取れば酒を欲しいと思い、賽《さい》を手にすると賭博《とばく》を欲する。心というものはかならずそのことに触れて、もよおしてくる。いやしくも善《よ》からぬ戯《たわむ》れをしてはならない。ふとした気もちで聖教の一句が目につくと、なんとなく前後の文も気にとめてみる。突如として多年の非行を改めることもある。もし教典を目にしなかったとしたら、このことを悟ることができなかったろう。これはつまり事に触れてたまたま起こった利益《りやく》である。その心が別に起こらないでも、仏前にいて数珠《じゅず》や教典などを手にしていると怠慢しながらもおのずと善行が修せられ、散乱心のままでも、座禅の席につくとわれ知らずに禅の静思ができるであろう。外界と内面の作用とにおいて、事理はもと一体のものである。形式を尊重しているうちに内容も充実してくる。うわべだけの人を見ても、むやみに不信心呼ばわりをしないがいい、むしろほめ、尊重すべきである。

一五八

「盃《さかずき》の飲み残りを捨てるというのは、なんの理由かごぞんじですか」とある人がたずねたので、答えて「凝当《ぎょうどう》（盃の底に残った酒）と申していますからは、底に沈澱《ちんでん》しているのを捨てるのでしょう」と言ったところが、「そうではない、魚道《ぎょどう》である。流れを残して口をつけたところを洗い清めるのである」と話しておられた。

一五九

みなむすびという結び方は、糸を結び重ねた形が蜷《みな》という貝に似ているからそう呼ぶのであると、ある貴人のお話である。ついでに蜷を「にな」というのは誤りである。

一六〇

門に額《がく》を掛けることを額を打つというのは、よくないらしい。世尊寺行忠卿《せそんじゆきただきょう》は額を掛けると仰《おお》せられた。見物の桟敷《さじき》を打つというのもよくないらしい。平張《ひらば》りの幕ならば打つというのが通常いうところであるが、桟敷はかまえるというべきである。護摩《ごま》をたくというのもよろしくない（護摩は密教の儀式で、供物などを焚《た》くという意味も含まれている）。護摩を修するとか護摩をするとかいうべきである。「行法《ぎょうぼう》も、法の字を清音に発音するのではない。濁音でぼうというのである」と清閑寺《せいがんじ》の道我僧正《どうがそうじょう》が仰せられた。日用語にさえ、こんなまちがいばかり多いのである。

一六一

花の盛りは、冬至《とうじ》から百五十日目とも彼岸《ひがん》の中日《ちゅうにち》後七日ともいうが、立春から七十五日目というのが、たいていまちがいのないところである。

一六二

遍照寺《へんじょうじ》（京都市嵯峨の真言宗の寺）の承《しょう》の役（寺院の雑役）に服していた僧が、広沢《ひろさわ》の池に来る鳥を毎日餌《えさ》をやって飼い慣らして、戸を一つあけると無数に飛びこんで堂内に一ぱいになったところへ、僧自身もはいっていってしめきって捕えては殺した様子が、物音すさまじく聞こえたので、近所にいた草刈りの童《わらわ》が聞きつけて人に知らせたので、村人どもが集まってきて堂の中にはいってみると、大雁《おおがん》などがばたばた驚き騒いでいる中に僧がまじっていてねじ伏《ふ》せ、ひねりつぶしていたから、この僧を捕えてその場から検非違使《けびいし》庁へつき出したが、検非違使庁ではこの法師が殺した鳥どもを頭のまわりにかけさせて獄舎に入れた。これは基俊大納言《もととしだいなごん》（久我《こが》基俊）が別当をしておられたときのことである。

一六三

陰暦九月の異名、太衝《たいしょう》の太の字は、点を打ってはいけないということを陰陽《おんよう》寮《りょう》の連中が議論したことがあったものだ。もりちか入道が申しておられたのには、天文博士安倍吉平《あべのよしひら》が自筆の占文《せんもん》の裏に記録をしてあるものが近衛《このえ》関白家にある。点を打った「太」が書いてあったとの話であった。

一六四

世上の人間は、会いさえすればすこしのあいだも黙っていることはない。きっと何かしゃべる。その言葉を聞いてみると、たいていはむだな談話である。世間の噂《うわさ》ばなし、人の品評、自分にとっても他人にとっても損多く益が少ない。しかもこれを語っているとき、当人たちがいかに無益なことも気づいていない。

一六五

関東の人で都に来て、都人といっしょに生活する人、または都の生まれで、関東へ行って身を立てているのや、また出家で本寺本山を離れ、宗旨《しゅうし》を変えている顕教密教の僧など、総体に自分の習俗を廃棄して他の習俗の人々のあいだにまじり加わっているのは見苦しいものである。

一六六

人間がおのおの経営努力している仕事を見ると、暖かな春の日に、雪仏《ゆきぼとけ》を作ってこれに金銀珠玉《しゅぎょく》の装飾を施《ほどこ》して、これを本尊に、お堂や塔などを建立《こんりゅう》しているようなものである。どうしてその伽藍《がらん》の落成を待って本尊を安置し奉《たてまつ》ることができようか。人には命があるように見えているが、下のほうから絶えず消えつつある雪のようなものであるのに、計画し期待することが多すぎる。

一六七

一つの道に関与している人が、専門以外の道の席上にのぞんで「これがもし、自分の専門のことでありさえしたら、こう指をくわえて見てはいないものを」と言ったり感じたりするのはよくあること、人情の普通ではあるが、好《よ》くないことのように思われる。知らぬ道がうらやましかったら「うらやましいなあ、どうして習っておかなかったろう」と言っておればよろしい。自分の得意を持ち出して人と競争しようというのは、角《つの》のある獣が角を振りかざし、牙《きば》のある獣が牙をむき出すようなやり方である。

人間たるものは自分の長所を鼻にかけず、他と競争しないのが美徳である。他にまさるところのあるのは大きな損失である。品格の高さにしろ、学術技芸の才能にしろ、祖先の名誉にしろ、他人より傑出している人は、たとい口に出して言わずとも、内心の誇りにも多少の罪があるわけである。つつしんでこれを忘れなければいけまい。ばかにも見え、他人にも悪く言われ、災難を招くのはもっぱらこの慢心である。

一道にも真に上達している人は、われと明確にその短所を自覚しているから、内心いつも満足せず、最後まで慢心しないのである。

一六八

老年の人で一道に傑出した才能のある人物がいて、「一代の師表《しひょう》（模範・手本となる人）、この人の死後はだれに道の奥義《おうぎ》を問おうか」などと言われるなどは、老人連の味方であって、たのもしい生きがいである。しかしその芸道も、老輩になったというすたれた気分を伴《ともな》って謙虚なものがないと、一生を芸道だけで暮らしてしまったかと浅薄になさけなく見えるものである。「今はもう忘れてしまった」などと言っているのがいい。

ひととおりは知っていても漫然と吹聴《ふいちょう》するのは、たいした才能ではないらしいと感じられる。自然とまちがったところもありましょう。明確にはわきまえてもおりませんなどと言う人こそ、なるほど、まことに、一芸一道の主とも感ぜられるものである。まして、よくも知らぬことを知ったかぶりに、資格もない人間がとやかくいうのを、まちがいらしいがなと思いながら聞いているのは、はなはだ困るものである。

一六九

「何々の式ということは、後嵯峨《ごさが》帝の御代《みよ》までは申されていなかったのを、近い時代になってから言いはじめた言葉である」とある人が言っておられましたが、しかし建礼門院《けんれいもんいん》の右京大夫《うきょうだいぶ》が、後鳥羽院《ごとばいん》の御《おん》即位ののち、ふたたび内裏《だいり》へ住んだ時のことを記して、「世の式も、かわりたることはなきにも」と書いている。

一七〇

さしたる用事もなくて人のところを訪問するのは、よくないことである。用事があって訪問しても、そのことがすんだら早く帰るのがいい。長くいるのは困る。

人と応対すると、言葉も多く、からだもくたびれ、心もおちつかず、万事に差しつかえが多くて時間をつぶす。双方にとって無益なことである。客をきらうようなことを言うのもよくない。気ぜわしいことでもある場合などは、かえってこのわけを言ったほうがよかろう。会心《かいしん》の（心にかなう）人で、対談を希望する人が、退屈して「もうすこし」、「今日はゆっくりと」など言うような場合は、この限りではなかろう。常に白眼《はくがん》の阮籍《げんせき》が気に入った客を迎えたときにした青眼《せいがん》の場合も、だれしもあるものである（阮籍は中国・晋の隠士。白眼・青眼はそれぞれ人を冷遇・厚遇する目つきのこと）。

なんのためということもなく、人が来て、のんびりと話して帰るのは、よいものである。また、手紙も「あまりごぶさたしていますから」とだけ言ってよこしたのなど、たいへんにうれしいものである。

一七一

貝合わせ（遊戯の一種）をする際に、自分の目の前のをさしおいて、よそを見渡して、人の袖《そで》のかげや、膝《ひざ》の下まで注視するすきに、自分の目前のを人に合わされてしまうものである。よく合わす人というものは、よそのほうまでむりに取るような様子もなくて、身のまわりのばかり合わすようでいながら、多く合わすものである。碁盤《ごばん》の隅《すみ》に目的の石を立てて弾《はじ》くとき、先方の石を見つめて弾くと当たらない。自分の手もとを注意して、こちらの筋目をまっすぐに弾けば、目的の石にきっと当たる。

万事は外部に向かって求めるべきではなく、ただ自分の手もとを正しくすべきものである。清献公趙抃《せいけんこうちょうべん》（宋の名臣）の言葉にも、「ただ好き事を行なって、将来のことは問題にするな」とある。世を治める道もこんなものであろう。国内のことを取り締まらず、なおざりに打ち捨てて放埒《ほうらつ》に任せて乱れたなら、遠国《おんごく》が必ず叛《そむ》く。そのときになってやっと国策を求め出す。あたかも風に当たり湿気《しけ》た土地に臥《ふ》していて、病気を神様にお祈りするのは愚人である、と医書に書かれてあるのと同様である。目前の人の苦痛を去らせ、恩恵をほどこして道を正しくしたならば、その徳化が遠く天下に流れおよぶ所以《ゆえん》を知らないのである。古《いにしえ》、禹《う》が三苗《さんびょう》を平定しようと遠征した（禹は中国古代の聖王。三苗は漢族に反抗した苗族のこと）効果も、軍を収め帰って徳を国内に布《し》いたのにはおよばなかったものであった。

一七二

青年時代には血気が体内に漲《みなぎ》っているから、心も事物に感じやすく欲情さかんである。一身を危険にさらして砕《くだ》けやすいことは、まるで珠《たま》を転《ころ》がしているようなものである。華美なものを好んで金銀を浪費するかと思うと、きまぐれにこれを捨ててわびしい境涯に身を委《ゆだ》ねてみたり、気を負うて勇んでいる心が旺盛《おうせい》だから争いをし出かし、ある時は羨望《せんぼう》し、ある時は慚愧《ざんき》する（恥じる）など、気分がむらで好むところも日ごとに定まらない。色情に溺《おぼ》れ、情懐に耽《ふけ》り、そうかと思うと義に勇んでは一生を投げ出してかかり、ために一命を捨てた人を理想として、その身を長く安全に保つことは考えない。熱情のおもむくところに迷わされて、長く世間の語り草にもなってしまう。こんなふうに一身を誤るということは、若い時にあることである。

年を取ると精神が衰え、淡泊に何事にも感動しなくなる。心がおのずと平静だから、無益な事はし出かさず、とかくわが身も苦労少なく、他人にも迷惑はかけまいと心がける。老年が理性の点で青年にすぐれているのは、青年が容姿にかけて老年にまさるのと同じである。

一七三

小野小町《おののこまち》(38)の事跡は、はなはだ不明確である。衰えたときの有様《ありさま》は、玉造《たまつくり》という本に見えている。この文章は三好清行《みよしきよつら》が書いたという説があるけれど、弘法《こうぼう》大師の著作目録にもはいっている。大師は承和《じょうわ》の初め(八三五)に亡《な》くなられた。小町の全盛時代はその後のことのように思われるが、やっぱりよくわからない。

一七四

小《こ》鷹狩《たかがり》に適した犬を大鷹狩《おおたかがり》に使用すると、小鷹狩に悪くなるということである。大について小を捨てる道理は、実にもっともな次第である。人生の事柄が多事な中で、道を修めることを楽しみとするほど、興趣の深遠なものはない。これこそは真《まこと》の大事である。いったん人間の志すべき道を聞いて、これに志《こころざし》を向けた人が、どうして世上一般の何事か捨てられないことがあろうか。何事を営む心があろうか。愚人だっても、怜悧《れいり》な犬の心に劣るはずがあろうか。

一七五

世間には心得がたいことも多いものである。何かにつけて、まず酒をすすめ、むりに飲ませておもしろがるのは、どういうわけだかわからない。飲む人の顔は我慢《がまん》しかねたように、眉《まゆ》をひそめ、人目を見はからっては酒を捨てようとし、すきを見てはその場を逃げ出そうとするのを、捕えて引きとどめて、むやみに飲ませるので、ちゃんとした人も急に気違いになり、健康な人も、見る見る大病人になって前後不覚に打ち倒れてしまう。祝い事のある日などはあさましいことではあるまいか。飲まされたほうでは翌日まで、頭痛で食事もできず、呻《しん》吟《ぎん》して（うめき苦しんで）打ち臥《ふ》している。昨日《きのう》のこともまるで世を隔《へだ》てたことか何か(39)のように記憶も残らず、公私の重大な用件も打ち捨てて不都合を生じている。人をこんな目にあわせるのは無慈悲でもあり、礼儀にも違ったことである。こんなひどい目にあわされた人は、恨《うら》めしく無念に思わぬはずはあるまい。

外国にはこんな風習があるのだそうなと、こちらにはない風俗と仮定してこれを伝聞したものと仮想したら、奇々怪々に感ぜられるものであろう。

酒の酔いは他人の様子で見てさえ不快なものである。深い思慮の敬服すべく見えた人まで、無分別に笑いののしり、多弁になり、烏帽子《えぼし》は横っちょに曲がり、装束《しょうぞく》の帯や紐《ひも》などはほどけたままに、裾《すそ》をまくって脛《すね》を高く蹴《け》り上げたはしたない有様《ありさま》などは、とうてい平常の人物とは考えられない。女は額髪《ひたいがみ》をすっぽりと掻《か》きのけてしまい、しおらしげもなく、顔を仰向けて笑いかけ、盃《さかずき》を持っている人の手にすがりつき、下品なのは肴《さかな》を取って人の口に押しつけたり、自分もかぶりついている。とんと、ぶざまなものである。声のありったけを出して歌いわめいたり、舞い出したり、たまたま年老《と》った法師などが召し出されていて、黒く見にくいからだを肩ぬぎになって目も当てられない様子で身をくねらせているのは、当人は申すに及ばず、おもしろがって見ている人まで忌《い》まわしく腹立たしい。

また自慢話を聞き苦しく吹聴《ふいちょう》するのがあったり、酔い泣きをしたり、下等な連中は大声に悪罵《あくば》し合い、喧嘩《けんか》になる。あさましく、恐ろしい有様、外聞《がいぶん》の悪い不愉快なことばかり起こって、果てはやらぬというものをむりに奪い取ったり、縁《えん》から落っこちたり、帰途には馬や車から落ちて怪我《けが》をしでかしたり、乗り物のない連中は、道をよろめき歩いて、土塀《どべい》や門の下などに向かって言うをはばかるようなことどもをしちらかす。年老って袈裟《けさ》などをかけた法師の身で小童《こわらわ》の肩によりかかって、くだらぬことなどを言いかけながらよろめいているのなどは、見る目もきまりが悪い。こんなことも、現世あるいは来世に益のある行為だというのならいたしかたもあるまい。しかし、この世では過失を生じ、財産を失い、疾病を得る。百薬の長などとはいうけれど、万病を酒から引き起こしている。憂《うれ》いを忘れさせるともいうが、酔った人は過去の悲しさを思い出して泣いたりしている。それで来世はというと後世《ごせ》のためには人の知恵を失い、さながら善根を焼く火のように悪行を増し、いっさいの戒律を破って地獄へ堕《お》ちるであろう。酒を取って人に飲ませた者は五百生《ごひゃくしょう》のあいだ（五百回も生まれ変わるほど長い間）手のない者に生まれると、仏は説いておられる。

こういうとうべき酒ではあるが、また自然と捨てがたいときもあるものである。月の夜、雪の朝、あるいは花の下などに、ゆったりと話し出して盃を取り出すのは、すこぶる興《きょう》を添えるものである。退屈な日に、思いがけぬ友だちが来て酒盛がはじまるのは楽しいものである。またお近づきもない高貴の方の御簾《みす》の中から菓子《くだもの》やお酒などをけっこうに取り合わせて差し出してたまわるのは、まことによいものである。また、冬、狭い場所で火に物を煮たりしながら、隔意《かくい》のない仲間が寄り集まってどっさり飲むのはまことにおもしろい。旅の宿または野原や山などで、ありもせぬ肴《さかな》(40)を空想しながら打ち興じて、芝の上で飲んだのなどは趣《おもむき》が深い。非常に弱い下戸《げこ》が、しいられてちょっぴり飲むのなど実に好《よ》い。ありがたいお方が特別に「もうすこし、それではあんまりちょっぴりですから」などとおっしゃってくれるのは、うれしいものである。かねて近づきになりたいと願っていた人が、上戸《じょうご》で酒のせいでぐんぐんと親密になるのもまたうれしい。

いろいろ欠点も挙《あ》げてはきたが、それでも、上戸というものは愉快で無邪気なものである。前夜酔いくたびれて他人の家に泊まり込みながら朝寝しているところを主人が戸をあけてはいってきたのに、度を失ってぼんやりした顔をしながら、寝乱れて細い髻《もとどり》をあらわし、着物をじゅうぶんに着るひまもなく両手で抱きかかえ、引きずりまわして逃げ出して行く、帯なしのうしろ姿、細い毛《け》脛《ずね》をあらわしたぐあい、こっけいに、酒飲みらしく、無邪気である。

一七六

禁中《きんちゅう》（御所）の黒戸《くろど》という御間《みま》は小松《こまつ》の御門《みかど》（光孝天皇）が御即位《おん》以前に、おん幼いお戯《たわむ》れにお手料理などをあそばされたのを、御即位のおんのちも、お忘れあそばされず、常に、お手料理をあそばされたその御間である。薪《たきぎ》の煙でその戸が煤《すす》けたので、黒戸と申すとのことである。

一七七

鎌倉の中書王《ちゅうしょおう》（後嵯峨《ごさが》天皇の皇子、宗尊親王《むねたか》）の御邸《おんやかた》で蹴鞠《けまり》のもよおしがあったのに、雨降り上がりで庭まで乾《かわ》かなかったので、どうしたものであろうかと相談があったとき、佐佐木《ささき》入道真願《しんがん》が鋸屑《おがくず》を車に積んで、たくさん奉《たてまつ》ったので、庭中に敷きつめて、泥の気遣《きづか》いもなかった。これなどたくさんたくわえておいた用意のほどが珍しい心がけであると、人々が感心し合った。このことをある人が話したところ、藤原藤房卿（または吉田中納言）が聞かれて、「さては、乾いた砂の準備がなかったのだね」とおっしゃったのは、はずかしい思いがした。けっこうなと思った鋸屑とは、下品で変なものであった。庭を司《つかさど》る者は、乾いた砂を用意しておくのが慣例的な作法だそうである。

一七八

ある所の侍《さむらい》たちが、内侍所《ないしどころ》の御神楽《みかぐら》を拝観して、そのことを人に話すのに「そのとき宝剣は何某《なにがし》殿が持っておられた」などと言ったのを聞いて、居合わせた内裏《だいり》の女房の中に「別殿《べつでん》の行幸《ぎょうこう》(本殿である清涼殿から別の殿舎へ移ること)のは、宝剣ではなく昼御座《ひのおまし》の御剣《ぎょけん》(清涼殿内の平常の座所である昼御座に置かれている剣)よ」とこっそり言った人がいたのは感心であった。この人は長年典《ないしの》侍《すけ》(女官の一つ)をしている人であったとか。

一七九

宋《そう》に行ったことのある道眼上人《どうげんしょうにん》は、一切経《いっさいきょう》を向こうから持ってきて六波羅《ろくはら》のあたりのやけ野という所に安置し、その経中でも、ことに首楞厳経《しゅりょうごんきょう》を講じて、この所を、この経に因《ちな》んで那蘭陀寺《ならんだじ》と号した。この上人の話では「那蘭陀寺は、大門《だいもん》が北向きであると大江匡房《おおえのまさふさ》の説として言い伝えているが、西域伝《さいいきでん》にも法顕伝《ほっけんでん》にも見えず、その他にもいっこう見当たらない。匡房卿はどんな知識で言ったものやら、どうも不確かな話である。中国の西明寺《さいみょうじ》なら北向きなのはもちろんである」と言っておられた。

一八〇

「さぎちょう」は正月に毬《まり》を打って遊んだ毬杖《ぎちょう》を、真言院《しんごんいん》から神泉苑《しんせんえん》（それぞれ平安京大内裏の仏道道場と庭園）へ出して焼き上げたのがもとである。「法成就《ほうじょうじゅ》の池にこそ」と囃《はや》すのは、神泉苑の池をいうのである。

一八一

「降れ降れこ雪、たんばのこ雪」という歌の意味は、米を搗《つ》いて篩《ふる》うときのように雪が降るから粉雪というのである。溜《たま》れ粉雪というべきをまちがえて、「たんばのこ雪」といったのである。そのつぎの句は、「垣や木のまたに」と歌うのであると、さる物知りが言った。昔から言ったものであったろうか、鳥羽《とば》天皇が御幼少のおんころ雪の降ったときにこう仰《おお》せられたということを、讃岐典侍《さぬきのすけ》（藤原顕綱の娘、長子。歌人）が日記に書いている。

一八二

四条大納言隆親卿《しじょうだいなごんたかちか》（藤原隆親）が乾鮭《からざけ》というものを天皇の御食膳《おんしょくぜん》に供せられたのを、こんな下品なものは差し上げることはあるまいとある人が言ったのを聞いて、大納言は鮭という魚は差し上げないというならばさもあろうが、鮭の乾《ほ》したものがなんでいけないことがあろうか、現に鮎《あゆ》の乾したのは差し上げるではないか、と申したということであった。

一八三

人を突く牛は角を切り、人に食いつく馬は耳を切ってこれに印をしておく。印をつけないで人に怪我《けが》をさせたときは飼い主の科《とが》になる。人に喰いつく犬は養ってはならない。これらは皆、罰せられるところで刑法に戒《いまし》めてある。

一八四

相模守北条時頼《さがみのかみほうじょうときより》の母は、松下禅尼《まつしたのぜんに》といった。あるとき時頼を請待《しょうだい》される（招きもてなす）ことがあったが、その準備に、煤《すす》けた紙障子《しょうじ》の破れたところばかりを、禅尼は手ずから小刀で切り張りをしておられた。禅尼の兄の秋田城介《あきたじょうのすけ》義景《よしかげ》（安達義景）が、その日の接待役になって来ていたが、その仕事はこちらへ任せていただいて何の某《なにがし》にさせましょう。そういうことのじょうずな者ですから、と言ったところが、禅尼はその男の細工《さいく》だってわたしよりはじょうずなはずはありますまいよと答えて、やはり一間《いっけん》ずつ張っておられたので、義景が、みな一度に張り代えたほうがずっとめんどうくさくないでしょう。斑《まだら》に見えるのも不体裁《ふていさい》でしょうし、と重ねて言ったので、尼は、わたしものちにはさっぱりと張り代えようとは思っていますが、今日だけはわざとこうしておきたいのです。物は破れたところだけ修繕して使用するものであると若い人に見習わせ、心得させるためです、と言われた。誠にけっこうなことであった。

世を治める道は倹約を根本にしなければならない。禅尼は女性ながらに聖人の心を体得していた。天下を治めるほどの人を子に持つだけに、凡人ではなかったと聞いている。

一八五

秋田城介《あきたじょうのすけ》兼陸奥守《むつのかみ》泰盛《やすもり》（安達泰盛。義景の三男）は無双の乗馬の名人であった。従者に馬を出させるとき、その馬が一足飛びに門の閾《しきい》をゆらりと越えたのを見ると、これは過敏な馬だと言ってほかの馬に鞍《くら》を置きかえさせた。そのつぎの馬は足をあげず伸ばしたままで閾に当てたので、これは愚鈍な馬だから過失があるだろうと言って乗らなかった。その道の心得のない人物であったならば、なんでこんなに恐れることをしようか。

一八六

吉田という乗馬家の言ったのに「馬というものはどれもこれも強いものである。人の力で争うことのできないものと知っておくがいい。乗馬の際には馬をよく見て、その強い所や弱い所をのみこんでおくがよい。つぎに轡《くつわ》、鞍《くら》などの馬具に危険はないかとよく見て、気がかりなことがあったならその馬を走らせてはならない。この用心を忘れないのが一人前の乗馬家というものである。これが奥義である」とのことであった。

一八七

いっさいの技術の道においてその専門家が、たといじょうずではなくともじょうずな素人《しろうと》にくらべてかならずすぐれているのは、油断なく慎重に道を等閑《なおざり》にしないのに、素人はわがまま勝手にふるまう。これが素人と専門家との違う点である。技術の道に関することのみと限らず日常の行動や心がまえにも、魯《ろ》鈍《どん》に慎重なのは得のもとである。巧妙に任せて法式を無視するのは失敗のもとになる。

一八八

ある人がその子を僧にして仏教の学問を知り、因果の哲理をも会得《えとく》し、説教などをして世渡りの手段ともするがよかろうと言ったところが、子は親の命《めい》のとおりに説教師になるために、まず乗馬を稽古《けいこ》した。それは輿《こし》（人を乗せてかつぐ乗りもの）や車（牛車）のない身分で導師として請待《しょうだい》された場合、先方から馬などで迎えに来た場合に鞍《くら》に尻が据《す》わらないで落馬しては困ると思ったからである。そのつぎには仏事のあとに酒のふるまいなどがあったとき、坊主がまるで芸がなくとも施主《せしゅ》は曲《きょく》のないことに思うだろうと早歌《そうか》というものを習った。乗馬と早歌とがだんだんじょうずになると、ますますやってみたくなって稽古しているあいだに、説教を教わる時がなくて年を取ってしまった。

この坊主ばかりではない。世間の人はみなこの坊主と同様なところがある。青年時代には何事かで身を立てて大きな道をも成しとげ、才能をも発揮し、学問をもしたいと遠い将来の念願を心にいだきながら、この世を長くのんきなものに考えて怠慢しつつ、まず目前の事にばかり追われて、それに月日を費《ついや》して暮らすから、どれもこれも一つとして成就《じょうじゅ》することもなくその身は老人になってしまう。芸道の達人にもなれず、思ったほどの立身もせず、後悔しても逆に年を取れるわけでもないから、走って坂を下る車輪のように衰えてしまう。

それゆえ、自分の生涯で主要な願望のなかで何が最も重大かをよく思いくらべたうえで、第一の事をよく決定し、他のいっさいは放棄して、その一事を励むべきであろう。一日の中、一刻の間にも幾多のことが起こってくる中で、すこしでも益のあることは実行して他は放棄して大事の実現を急ぐべきである。何もかも捨てまいとする心もちでは、結局、何一つ成就するものではない。

たとえば碁《ご》を打つ人が、一手もむだをせず、人の先を打って小を捨て大を取ろうと心がけるようなものである。三つの石を捨てて十の石に着目することは容易である。十を捨てて十一を取ろうとするのがむずかしい。一つでも多いほうを取るのがあたりまえなのに、十にもなると惜しく感ぜられるから、たいして多くもない石とは取り換えたくない。これをも捨てず、あれをも取ろうと思う心のために、あれも得られず、これをも失ってしまう道理である。

京に住む人が急用で東山へ行ったと仮定してすでに着いてからでも、西山へ行ったほうがさらに有益だと気づいたなら、東山の目的の家の門前からでも引き返して西山へ行くべきである。ここまで来着いたのだから、まずこのことをすましておこう。期日のあるわけでもないから、西山のほうへは帰ってからまた志そうと思うから、いちじの懈怠《けたい》が一生の懈怠となってしまう。これを恐れなければいけない。一事をかならず成就しようと思ったら、他のことの破れるのをもけっして案じてはいけない。他人の嘲笑《ちょうしょう》なども恥とするにはおよばぬ。いっさい万事と取り換えるに気にならないでは一つの大事も成るものではない。

人のたくさん集合していた中で、ある人が「『ますほの薄《すすき》』『まそほの薄』などということがある。渡辺《わたのべ》の聖《ひじり》がこのことを伝え知っている」と話したのを、登蓮《とうれん》法師がその席上に居合わせ聞いて、雨が降っていたので、「蓑笠《みのかさ》がございましょうか、拝借したい。その薄《すすき》のことを習いに渡辺の聖のもとへ問いに行きましょう」と言ったので、「あまり性急です。雨がやんでからでは」と人が言うと、「とんでもないことをおっしゃるものですね、人の命は雨の晴間《はれま》まで待っているものでしょうか。私も死に聖《ひじり》も亡《な》くなられたら、たずねることができましょうか」と、走り出て行って習ってきたと言い伝えられているのは、実に非常にありがたいことと思う。「敏《と》き時は（機敏にやれば）則《すなわ》ち功あり」ということは論語という書物にもある。この薄のことを不審にしていたおりから、真理を追究しようという意気込みであったのであろう。

一八九

今日はあることをしようと思っているのに、別の急ぎの用が出てきてそれに紛《まぎ》れて暮らし、待つ人は故障があって来《こ》ぬ。待たぬ人が来る。頼みにしていたことは不調で、思いがけぬことだけが成立した。心配していたことは、わけなく成り、なんでもないと思っていたのが、たいそう骨が折れる。一日一日の過ぎてゆくのも予想どおりにはならない。一年もそのとおり、一生涯もまたそうである。予定の大部分は、みな違ってしまうかと思うとかならずしも違わないものも出てくる。だからいよいよ物事はきめてかかれないのである。「不定」と考えておきさえしたら、これがまちがいのない真実である。

一九〇

妻というものこそ、男の持ちたくない者ではある。いつも独身でなどと噂《うわさ》を聞くのはゆかしい。誰某《たれがし》の婿《むこ》になったとか、またはこういう女を家に入れて同棲《どうせい》しているなどと聞くのは、とんとつまらぬものである。格別でもない女を好い女と思って添うているのであろうと軽蔑《けいべつ》されもするだろうし、美人であったら男はさだめし可愛《かわい》がって本尊仏のようにもったいながっているであろう。たとえばこんなふうになどと、こっけいな想像もされてくる。まして家政向きな女などはまっぴらである。子などができて、それを守り育て愛しているなどはつまらない。男が亡《な》くなってのち尼になって年を老《と》っている有様《ありさま》などは、死んだあとまでもあさましい。

どんな女であろうと、朝夕いっしょにいたら、うとましく憎らしくもなろう。女にとっても、夫の愛は足らず自由はなく中ぶらりんな頼み少ないものであろう。別居してときどきかようて住むというのが、いつまでも長つづきのする間柄ともなろう。ちょっとのつもりで来たのがつい泊まり込んでしまうのも、気分が変わってふたりには珍しくたのしかろう。

一九一

夜になると物の光彩《こうさい》が失われると説く人のあるのは、はなはだ心外である。万物の光彩、装飾効果、色調なども、夜見てこそ始めてりっぱにも見えるのである。昼は簡素に地味な姿でいてもよいが、夜は燦然《さんぜん》たる華麗《かれい》な装束がすこぶる好《よ》い。人の様子も夜の灯火の下が、美しい人は美しさを発揮するし、物を言う声も暗いところで聞いて、たしなみのあるのが奥ゆかしい。匂《にお》いも物の音色《ねいろ》も、夜が一段と好もしい。

べつになんの儀式とてもない夜、ふけて参内《さんだい》した人がりっぱな装束を着ているのはまことに好いものである。若い友人の間柄でたがいにその容姿を観察し合うような間柄では、見られる時機が定まっているわけではないから、特別に改まらぬ場合に、ふだんも晴着も区別なく周到な用意をしておきたい。品のよい男が日暮れてから髪を洗うのや、女が夜ふけになったとき席をはずして局《つぼね》（女性の居室として仕切った部屋）で鏡を取り出し、化粧などを直してくるのは趣のあるものである。

一九二

神社仏寺へも人の多く参詣《さんけい》せぬ日、夜分に参るのがよろしい。

一九三

暗愚な人が他人を推量して、その人の知恵を知ったつもりでいるのは、いっこう当てにならないものである。碁《ご》を打つことだけが巧者な人が、えらい人でも碁の拙《つたな》いのを見て自分の知恵にはおよばないと判断するようなもので、すべていずれの業《わざ》でもその道の職人などが、自分の職業のことを心得ないのを見て、自分のほうがえらいものと考えたら大きなまちがいであろう。経文《きょうもん》に明るい学僧と坐禅《ざぜん》をして真理を悟ろうとする実行僧とが、たがいに相手を量《はか》って自分のほうがえらいと思うなども、ともに当たらないことである。自分の専門外のことを争ったり、批評したりするものではない。

一九四

達人たるものが人を見る眼識は、すこしも見当違いのあってならないものである。たとえば、ある人が世に対して虚言をかまえて人を欺《あざむ》こうと計画する場合、それを正直に事実と信じて、その人の言うがままにだまされる人がある。また、あまりに深く虚言を信じ過ぎて、その上に輪をかけた虚言をつけ加える人もある。また、なんとも思わないで気にもとめぬ人もある。また、いくぶんか疑念をはさんで、ほんとうにするでもなく、しないでもなく考えてみている人もある。また、ほんとうとは受けつけないが、人のいうことだからそんなこともあるかもしれないくらいに思って、そのままにしておく人もある。また、さまざまに推察して万事のみこんだようなふうに賢者ぶってうなずいて、微笑してはいるが、その実、いっこう真相を知らないでいる人もある。また、推測して、なるほどそうかと気がついていながら、まだまちがいがあるかもしれないと疑いをいだいている人もある。また、格別にたいしたことでもないさとばかり、手をうって笑っている人もある。また、虚言とよく知っていながら、わかっているとは言わないで気のつかぬ人同然の態度で過ごす人がある。また、虚言と知り抜いて、虚言をかまえた人と同じ心もちからそれに力を合わせ、それを助長する人もある。

無知な人間どもが集まってする取るにも足りない虚言でさえ、種《たね》を知ってさえいれば、このように人さまざまの個性が言葉になり表情になり、現われるのがわかるものなのである。まして明達《めいたつ》の士（かしこく道理をよく知る人）がわれわれのように惑《まど》っている者を見抜くのはわけもないこと、あたかも手のひらの上のものを見るほどのことであろう。さればといって、こんな推測をもって深遠な仏法の方便などにまで準じて、論じおよぶことはよくない。

一九五

ある人が久我畷《こがなわて》（京都市伏見区にある道）を通行していると、小袖《こそで》を着て大口の袴《はかま》をつけた人が木造の地蔵尊を田の中の水に浸《ひた》してたんねんに洗っていた。変なことだなあと見ていると、狩衣《かりぎぬ》をつけた男が二三人出てきて「ここにおいでになった」と言って連れていった。久我《こが》内大臣通基《みちもと》公であった。以前、普通の精神状態でおられたころには、温順で尊敬すべき人物であった。

一九六

東大寺鎮守《ちんじゅ》の八幡《はちまん》の神輿《みこし》が東寺《とうじ》の若宮《わかみや》八幡からお帰りの時、源氏の公卿方《くげがた》はみな若宮へ参られたが、その時この久我《こが》内大臣は近衛《このえ》大将であって随身《ずいじん》に先払いさせられたのを、土御門《つちみかど》の太政《だじょう》大臣定実《さだざね》公（源定実）は「神社の前で先払いをするのはいかがなものであろう」と言われた。するとこの大将は「随身たるべきもののいたすべき作法は、われら武家の者がよくぞんじております」とだけ答えた。さて、のちになってから久我殿は「土御門太政大臣は北山抄《ほくざんしょう》（藤原公任《きんとう》選の故実書）は見ておられるが、もっとふるい西の宮（西宮左大臣源高明《たかあきら》）の説のほうはごぞんじないとみえる。神の眷族《けんぞく》たる悪鬼悪神を恐れるから、神社の前ではとくに随身に警蹕《けいひつ》（天皇や貴人の通行のために先ばらいすること）の声をかけさせる理由がある」と言われた。

一九七

定額《じょうがく》（朝廷から供料《くりょう》を頂く定員の決まった僧）というのは、何も諸寺の僧とばかりは限ったものではない。定額の女孺《にょじゅ》（下級の女官）という言葉が現に延喜式《えんぎしき》に見える。本来はすべて数の定まった公儀の人には一般に通じた呼び方なのである。

一九八

揚名介《ようめいのすけ》(42)があるだけではなく揚名目《ようめいのさかん》というものもある。政事要略に出ている。

一九九

横川《よかわ》の行宣法印《ぎょうせんほういん》の言うところによると、「中国は呂《りょ》の国である、律《りつ》の音《こえ》がない（いずれも雅楽に用いられる旋法《せんぽう》）。日本は律だけの国で呂の音がない」とのことであった。

二〇〇

呉竹《くれたけ》は葉が細く、河竹《かわたけ》は葉が広い。禁中《きんちゅう》の御溝《みかわ》（宮中の庭の水の流れるみぞ）のそばに植えられているのが河竹で、仁寿殿《じじゅうでん》のほうへ近くお植えになったのが呉竹である。

二〇一

退凡《たいぼん》と下乗《げじょう》との卒都婆《そとば》（仏教の聖地・霊鷲山《りょうじゅせん》にあったといわれる塔。退凡は凡人をしりぞける、下乗は乗馬を禁ずるもの）は紛《まぎ》らわしいものであるが、外側のが下乗で内側のが退凡である。

二〇二

十月を神無月《かんなづき》と呼んで神事にはばかるということは、別に記した物もなければ、根拠とすべき記録も見ない。あるいは当月、諸社の祭礼がないからこの名ができたものか、この月はよろずの神々が大神宮へ集まり給《たま》うなどという説もあるが、これも根拠とすべき説はない。それが事実なら伊勢ではとくにこの月を祭る月としそうなものだのに、そんな例もない。十月に天皇が諸社へ行幸《ぎょうこう》された例はたくさんにある。もっともその多くは不吉な例ではあるが。

二〇三

勅勘《ちょっかん》（天皇の命により罰せられること）をこうむった家に靫《ゆぎ》（矢を入れて背負う道具）をかける作法は、今では知っている人がまるでない。天子の御病気のおん時とか疫病《えきびょう》の流行する時には、五条の天神に靫をお掛けになる。鞍馬《くらま》に靫の明神というのがあるのも靫を掛けられた神である。看督長《かどのおさ》の負うていた靫を勅勘の者の家に掛けると、人がその家へ出入りしないようになるのである。このふうが絶えてからのちは、封《ふう》（封印）を門戸につけることとなって今日におよんでいる。

二〇四

犯罪者を笞《むち》で打つときは拷器《ごうき》へ近づけて縛《しば》りつけるのである。拷器の構造も、縛りつける作法も、今日ではわきまえ知っている人はないということである。

二〇五

比叡山《ひえいざん》にある大師勧請《かんじょう》の起請文《きしょうもん》というのは、慈恵《じえ》僧上《そうじょう》が書きはじめられたものである。起請文ということは法律家のほうではなかったものである。古《いにしえ》の聖《せい》代《だい》には、本来起請文などによって民を信用させたうえで行なう政治などはなかったはずのものを、ちかごろになってこのことが流行になったのである。またついでながら、法令には水火《すいか》に穢《けが》れを認めていない。水火の入れ物には穢れもあろう。水火それ自体に穢れがあるはずもない。

二〇六

徳大寺《とくだいじ》右大臣公孝卿《きみたかきょう》（藤原公孝）が、検非違使《けびいし》の別当《べっとう》であられたころ、検非違使庁の評定《ひょうじょう》、すなわち裁判の最中に、役人章兼《あきかね》（中原章兼）の牛が車を放れて、役所の中にはいり、長官の席の台の上へ登り込んで、反芻《はんすう》をしながら寝ていた。異常な怪事というので、牛を占《うらない》のところへやって卜《うらな》わせようと人々が言っているのを、公孝卿の父の太政《だじょう》大臣実基《さねもと》公（徳大寺実基）が聞かれて、牛にはなんの思慮もない、足があるのだからどこへだって登って行くのがむしろ当然である。微賤《びせん》な役人が、偶然出仕《しゅっし》に用いたつまらぬ牛を取り上げてよいものではなかろうと言うので、牛は持主に返し、牛がしゃがんだ畳《たたみ》は取り換えられた。別段なんらの凶事も起こらなかったということである。怪事を見ても怪しいと思わないときは、怪事が逆に壊《こわ》れてしまうともいわれている。

二〇七

亀山殿《かめやまどの》（後嵯峨上皇が嵯峨に作った御所）を建設せられるために地ならしをなされたところが、大きな蛇《へび》が無数に寄り集まっている塚《つか》があった。この土地の神だといって顚末《てんまつ》を奏上《そうじょう》したところが、どうしたものであろうかとの勅問《ちょくもん》があったので、衆議は昔からこの土地を占領していたものだからむやみに掘り捨てることはなるまいと言ったけれど、この太政大臣（徳大寺実基《さねもと》）だけは、王者が統治の地にいる虫どもが皇居をお建てあそばすのになんの祟《たた》りをするものか。鬼神も道理のないことはしないから祟りはないはずである。みな掘り捨ててしまいさえすればよろしい、と申されたので、塚を破壊して蛇は大井川《おおいがわ》へ流してしまった。はたしていっこうに祟りもなかった。

二〇八

経文《きょうもん》などの紐《ひも》を結ぶのに、上下から襷《たすき》のように交錯させて、その二筋のなかからわなの頭を横へ引っぱり出しておくのは、普通のやり方である。しかるに華厳院《けごんいん》の弘舜僧正《こうしゅんそうじょう》はこの結び方を見て解いて直させ、この結び方はちかごろの方法ですこぶるぶざまである。いいのは、ただくるくると巻きつけて上から下へわなのさきを押しはさんでおくのである、と申された。老人でこんなことに通じた人であった。

二〇九

他人の田をわがものと論じ争ったものが訴訟《そしょう》に負けて、くやしさにその田を刈り取ってこいと人をやったところが、これを命ぜられた者どもは、問題の田へ行く途中からよその田をさえ刈って行くので、そこは問題のあった田ではないと抗議されて、刈った者たちはその問題の田にしたところで刈り取る理由がないのにむちゃをしに行くのだから、どこだって刈り取ってもかまうものですか、と言った。この理屈がすこぶるおかしい。

二一〇

呼子鳥《よぶこどり》(43)は春のものであるとばかり説いて、どんな鳥だとも確実に記述したものはない。ある真言《しんごん》の書のなかに、呼子鳥が鳴く時、招魂《しょうこん》の法を行なう式が書かれてある。これで見ると鵺《ぬえ》のことである。万葉集の長歌に「霞《かすみ》立つ長き春《はる》日《ひ》の……」とあるところに「ぬえこ鳥うらなきおれば……」とある。この鵺子鳥と呼子鳥とは、様子が似かよっているようである。

二二

いっさいの事物は、信頼するに足りないものである。愚人はあまり深く物事を当てにするものだから、恨《うら》んだり腹を立てたりすることが生ずる。権勢も信頼できない。強者は滅びやすい。財産の豊富も信頼できない。時のまになくなってしまう。才能があっても信頼できない。孔子でさえも不遇であったではないか。徳望があるからといって信頼はできない。顔回《がんかい》（孔子の第一弟子）でさえも不幸であった。君主の寵遇《ちょうぐう》も信頼はできない。たちまちに誅《ちゅう》せられる（罰として殺される）ことがある。従者を連れているからと信頼することもできない。主人を捨てて逃げ出すことがある。人の厚意も信頼できない。きっと気が変わる。約束も信頼できない。相手に信を守るのは少ない。

相手ばかりか、わが身をも信頼しないでいれば、好《よ》い時は喜び、悪い時も恨《うら》まない。身の左右が広かったらなにも障《さわ》らない。前後が遠かったならば行きづまることもない。しかし前後左右の狭い時には押しつぶされる。心を用いる範囲が狭小で峻厳《しゅんげん》な場合は、物に逆らい争うて破滅するような結果になる。寛大で柔和《にゅうわ》ならば一毛も損ぜられることはない。人は天地間の霊である。天地は局限するところのないものである。それゆえ天地の霊たる人の性《さが》は、どうして天地と相違《あいちが》うてよかろうぞ。天地の心を心として寛大に局限しない場合には、喜怒の感情はこれに接触せず、事物のために心をわずらわされることもなくてすむはずである。

二一二

秋の月はこのうえなくいいものである。いつでも月をこんなものであると思って、この季節の特別の趣《おもむき》に気がつかぬような人は、すこぶるなさけないしだいである。

二一三

天子のおん前の火鉢《ひばち》に火を入れるときは、火箸《ひばし》ではさむことはしない。土器《かわらけ》から直接に移し入れるのがよいのである。それゆえ、炭を転《ころ》ばさないように注意して積むべきである。上皇《じょうこう》が石清水八幡宮《いわしみずはちまんぐう》へ行幸《ぎょうこう》のおりに、お供のひとが白い浄衣《じょうえ》を着ていて手で炭をついだのを、ある有職《ゆうそく》（古い典礼の知識）に通じた人が、白い物を着ている場合は火箸を用いても悪くはないのだ、と言っていた。

二一四

想夫恋《そうふれん》という楽《がく》（雅楽）は、女が男を恋い慕うという意味の名ではない。本来は、相府蓮というのが、文字の音が通ずるので変わったのである。これは晋《しん》の王倹《おうけん》という人が、大臣としてその邸家に蓮《はちす》を植えて愛した時の音楽である。

これ以来、大臣のことを蓮府《れんぷ》ともいう。廻忽《かいこつ》という楽も、廻鶻がほんとうである。廻鶻国といって強い夷《えびす》（未開の異民族の意）の国があった。その夷が漢に帰服してから来て、自分の国の楽を奏したのである。

二一五

平宣時朝臣《たいらののぶときあそん》（大仏宣時《おさらぎ》）が老後の追懐談に、最明寺《さいみょうじ》入道北条時頼《ほうじょうときより》からある宵《よい》の口《くち》に召されたことがあったが、「すぐさま」と答えておいて直垂《ひたたれ》（武士の平服）が見えないのでぐずぐずしていると、また使者が来て「直垂でもないのですか、夜分のことではあり、身装《みなり》などかまいませんから早く」とのことであったから、よれよれの直垂のふだん着のままで行ったところ、入道は銚子《ちょうし》に土器《かわらけ》を取りそえて出て来て「これをひとりで飲むのが物足りないので、来てくださいと申したのです。肴《さかな》がありませんが、もう家の者は寝たでしょう。適当なものはありますまいか、存分に探してください」と言われたので、紙燭《しそく》（ロウソクがわりの一種のたいまつ）をつけて隅々《すみずみ》まで探したところが、小さな土器に味噌《みそ》のすこしのせてあったのを見つけて「こんなものがありましたが」と言うと「それでけっこう」と、それを肴に愉快に数杯を傾け合って興《きょう》に入られた。その当時はこんな質素なものであったと申された。

二一六

最明寺入道《さいみょうじにゅうどう》（時頼《ときより》）が鶴岡《つるがおか》八幡へ参拝せられたついでに、足利左馬入道《あしかがのさまにゅうどう》義氏《よしうじ》のところへまず前触れをつかわしてから立ち寄った。その時の御馳走《ごちそう》の献立《こんだて》は第一献《こん》にのし鮑《あわび》、第二献に鰕《えび》、第三献に牡丹餅《ぼたもち》、これだけであった。その座には主人夫妻と隆弁《りゅうべん》僧上とが、主人側の人であった。宴《えん》が果ててから、「毎年下さる足利の染物はいただけましょうね」と言われたので、左馬入道は「用意しております」と種々の染物を三十種、時頼の目の前で、召仕えの女どもに命じて小袖《こそで》に截《た》たせあとから仕立てておくられた。このとき、これを見た人がちかごろまで存世で、話して聞かせました。

二一七

ある大富豪の説に、「人は万事をさしおいて、専念に財産を積もうとすべきものである。貧乏では生きがいもない。富者ばかりが人間である。裕福になろうと思ったら、よろしくまず、その心がけから修養しなければならない。その心がけとはほかでもない。人間はいつまでも生きておられるものという心もちをいだいて、いやしくも人生の無常などは観じてはならない。これが第一の心がけである。つぎに、いっさいの所用を弁じてはならない。世にあるあいだは、わが身や他人に関して願い事は無際限である。欲望に身を任せて、その欲を果たそうという気になると、百万の銭があってもいくらも手に残るものではない。人の願望は絶えまもないのに、財産はなくなる時期のあるものである。局限のある財産をもって無際限の願望に従うことは不可能事である。願望が生じたならば身を滅ぼそうとする悪念が襲うたと堅固に謹慎《きんしん》恐怖して、些少《さしょう》の用をもかなえてはならない。つぎに、金銭を奴僕《ぬぼく》のように用いるものと思ったら、永久に貧苦から免《まぬが》れることはできない。君主のように神のように畏怖《いふ》し尊敬してわが意のままに用いることを禁止せよ。つぎに、恥辱を感じたことがあっても、憤怒《ふんぬ》怨恨《えんこん》を感じてはならない。つぎに、正直に約束を固く守るべきである。これらの意味をよくわきまえ信じて利得を求める人には、富の集まってくること、たとえば火の乾燥物に燃え移り、水の低きにつくようなものであろう。銭の蓄積してつきない限りは、酒色や音曲などに従事せず、居住をりっぱにせず、願望をとげなくとも心は永久に安楽である」と申された。

いったい、人間は自分の欲望を満足させようとして財産を作ろうとするものである。金銭を宝とするのは、願望を満足させるがためである。願望が起こってもこれをとげず、銭があっても使用しないとすれば、まったく貧者と同然である。前の大富豪の戒律は、つまり人間の欲望を断って、貧を憂《うれ》うるなかれということのように聞こえる。富の欲を満たして楽とするよりも、むしろ財産のないほうがましである。癰疽《ようそ》（癰、疽、いずれも悪性のできもの）を病《や》む者が患部を水で洗って楽しいとするのよりも、病気にかからぬがいっそうよかろう。ここまで考えてくると、貧富の区別もなく、凡夫《ぼんぷ》も大悟《たいご》徹底の人も同等で、大欲は無欲に類似している。

二一八

狐《きつね》は人に食いつくものである。堀川殿《ほりかわどの》で舎人《とねり》が寝ていて、足を狐にかまれたことがあった。仁和寺《にんなじ》で、夜、本堂の前を通行中の下級の僧侶に狐が三匹飛びかかってくいついたので、刀を抜いてこれを防ぐうちに、狐二匹を突いた。その一匹は突き殺した。二匹は逃げた。僧はたくさんかまれはしたが、生命は別条もなかった。

二九

四条中納言藤原《しじょうちゅうなごんふじわらの》隆資卿《たかすけきょう》が自分に仰《おお》せられたには、「豊原龍秋《とよはらのたつあき》という楽人は、その道にかけては尊敬すべき男である。先日来て申すには、無作法きわまる無遠慮な申し分ではございますが、横笛の五の穴はいささか腑《ふ》におちないところがあると、ひそかに愚考いたします。と申しますのは、干《かん》の穴は平調《ひょうじょう》、五の穴は下無調《しもむじょう》です。そのあいだに勝絶調《しょうぜつじょう》を一つ飛んでおります。この穴の上の穴は双調《そうじょう》で、双調のつぎの鳧鐘調《ふしょうじょう》を一つ飛んで、夕《さく》の穴は黄鐘調《おうじきじょう》で、そのつぎに鸞《らん》鏡調《けいじょう》を一つ飛んで、中の穴は盤渉調《ばんしきじょう》である。中の穴と六の穴とのあいだに神仙《しんせん》調《じょう》を一つ飛んでいる。このように穴のあいだにはみな一調子ずつ飛ばしているのに、五の穴ばかりはつぎの上の穴とのあいだに一調子を持っていないで、しかも穴の距離は他の穴と同じくしているから、この穴を吹くときは、かならず吹く口を少し穴から離して吹くのです。もしそうしないと調子が合いませぬ。したがって、この穴を無難に吹ける人はめったにありませぬ」と述べた。よく事理に通じた話で実におもしろい。先輩が後進を恐れるというのは、すなわちこのことであるとのお言葉であった。

後日、大神景茂《おおみわのかげもち》の説では、笙《しょう》はあらかじめ調子を用意しておいてあるから、ただ吹きさえすればよいのである。笛のほうは吹きながら調子を調《ととの》えてゆくものであるから、どの穴にも口伝《くでん》があるうえ、自分のくふうでかげんし注意する必要のあるのは、あえて五の穴のみとは限らない。悪く吹けばどの穴も不快である。じょうずの人はどの穴もよく調子を合わせて吹く、笛の調子が他の楽器に合わないのは、吹く人が拙劣《せつれつ》で楽器の欠点ではない、と言っている。

二三〇

何事も地方のは下品で不作法であるが、天王寺《てんのうじ》（大阪の四天王寺）の舞楽《ぶがく》だけは、都の舞楽にくらべて遜色《そんしょく》がないと言ったら、天王寺の伶人《れいじん》（雅楽の奏者）が言うには、当寺の楽はよく標準律に則《のっと》って音を合わせるので、音のりっぱに調《ととの》っていることは他所《よそ》の楽よりすぐれている。というのは、聖徳太子のおん時の標準律が現存しているので、それによるのです。この標準律というのは、あの六時堂《ろくじどう》の前にある鐘です。あの鐘の声は黄鐘調《おうじきじょう》のまん中の音です。もっとも気候によって音の高低がありますから、二月十五日の涅槃会《ねはんえ》から同月二十二日の聖霊会《しょうりょうえ》までのあいだの音を標準にするのです。これはたいせつな秘伝です。この一音調をもとにして他の音を調えるのです」と言った。

いったい鐘の声というものは黄鐘調であるべきものである。これは無常の音調で、天竺《てんじく》の祇園精舎《ぎおんしょうじゃ》の無常院《むじょういん》の鐘の声がこれである。西園寺《さいおんじ》の鐘は黄鐘調に鋳《い》ようというので、いく度も鋳直《いなお》したが、ついぞできなかったので、遠国《おんごく》から黄鐘調のものを探し出してきたものであった。法金剛院《ほうこんごういん》のものも黄鐘調である。

二二一

建治《けんじ》弘安《こうあん》（一二七五〜八八）のころは、賀茂《かも》の祭の放免《ほうべん》、言ってみれば検非違《けびい》使《し》の雑役の邌物《ねりもの》には、変な紺の布《ぬの》四、五反で馬の形を作り、尾や髪を灯心で作って、蜘蛛《くも》の巣をかいた水干《すいかん》（貴族の日常着、狩衣の一種）を着た上へこれを引っかついで、この意匠《いしょう》をそこから取った和歌――蜘蛛のいの荒れたる駒はつなぐとも二道《ふたみち》かくる人はたのまじ――を口ずさんだりしながら渡っていったのは、以前はよく見かけたもので興味のある趣向だなあと思っていたのにと、今日も年取った道志《どうし》（大学寮で明法道を修め、衛門府と検非違使庁の四等官を兼任するもの）連《れん》と話し合ったものである。近年はこの邌物が年々に贅沢《ぜいたく》の度がひどくなって、さまざまな重いものなどを身につけて左右の袖《そで》を人に持たせ、自分は当然持つべき鉾《ほこ》さえ持てないで、息づかい苦しげの様子は、はなはだもって醜悪である。

二三

竹谷《たけだに》の乗願坊《じょうがんぼう》という坊さん（宗源《そうげん》）が、後深草院《ごふかくさいん》の后《きさき》、東二条院《とうにじょういん》のおんもとへ参られた時、亡者《もうじゃ》の追善《ついぜん》には何が一番利益《りやく》がすぐれているかとおたずねがあったので、乗願坊は、光明真言《こうみょうしんごん》の宝篋印陀羅尼《ほうきょういんだらに》でございますと答えたのを、あとで、弟子どもがなんであんなことを仰《おお》せられましたか、念仏こそ第一等でこれにおよぶものはございますまいと、どうしておっしゃらなかったのですかと言ったところが、乗願坊の答えるには、わが宗派ではあり、そう答えたいものではあったが、たしかに念仏が追善に大きな利益があると書いてある経文《きょうもん》は見たことがないので、そのことは何経に出ているかと重ねておたずねのあったとき、なんとお答えできようかと案じて、根拠になるたしかな経文に従ってこの光明真言宝篋印陀羅尼と申し上げたのであると言われた。

二二三

九条基家公《くじょうもといえ》を鶴《たず》の大殿《おおいどの》と申したのは、幼名がたず君《ぎみ》であったのである。鶴《つる》をお飼いになったからというのは誤りである。

二二四

陰陽師《おんようじ》の安倍有宗《あべのありむね》入道が鎌倉から上京して訪問してくれたが、まず入《はい》りがけに、この庭がむやみと広すぎるのはよくないことで感心できない。物のわかった人は植物の養成を心がける。細い道を一筋残しておいて、みな畑にしてしまいなさいと忠告したものであった。なるほどすこしの土地でも打ち捨てておくのは無益なことである。食料になる野菜や薬草などを植えておくのがよかろう。

二二五

楽人多久資《おおのひさすけ》が話したのに、通憲入道信西《みちのりしんぜい》（藤原通憲）が舞《まい》の所作《しょさ》の中からおもしろいのを選んで、磯《いそ》の禅師《ぜんじ》という女に舞わせた。その姿は白い水干《すいかん》に鞘巻《さやまき》という刀をささせ、烏帽子《えぼし》をかぶらせたから男舞《おとこまい》とよんだ。禅師の娘の静《しずか》というのがこの芸を伝承した。これが白拍子《しらびょうし》の起源である。仏神の由来縁起《えんぎ》を歌ったものであった。その後源光行《みなもとのみつゆき》が多くの歌曲を作った。後鳥羽院《ごとばいん》の御製《ぎょせい》になったのもある。院はこれを亀菊《かめぎく》という遊女《あそびめ》（歌舞などの芸をする女）にお教えになったということである。

二二六

後鳥羽院《ごとばいん》の御時《おんとき》（一一八三〜一二二一）、信濃前司《しなののぜんじ》行長《ゆきなが》（中山行長）は学問において名誉のあった人であったが、この人が楽府《がふ》の御議論の中に召し加えられた際、七徳《しちとく》の舞《まい》の中の二徳を忘れたので、五徳冠者《かんじゃ》という仇名《あだな》をつけられた。それを苦にして学問をやめて出家したのを、叡山《えいざん》の慈《じ》鎮《ちん》和尚は一芸のある者は、たとい下僕でも召しかかえて寵遇《ちょうぐう》したのでこの信濃入道行長をも養っておかれた。この行長入道が平家物語を作って、これを生仏《しょうぶつ》という盲人に教えて語らせた。それで自分の世話になった延暦寺《えんりゃくじ》のことを、とくべつにりっぱに書いているのである。九郎判官《くろうほうがん》（源義経）のことはくわしく知って記載してある。蒲冠者《がまのかんじゃ》（源範頼《のりより》）のことはじゅうぶん知らなかったものを書き漏《も》らしている事跡が多い。武人、兵馬のことは生仏が関東の出身者であったので、武士に問わせて記入したのである。あの生仏の性来の音声を、現代の琵琶《びわ》法師はまねているのである。

二三七

六時礼讃《ろくじらいさん》は法然上人《ほうねんしょうにん》の弟子の安楽《あんらく》という僧が、経文《きょうもん》を集めて作り、日没、初夜、中夜、後夜《ごや》、晨長《しんちょう》、午時の六時に、これを誦《ず》して勤行《ごんぎょう》したのである。その後、太秦《うずまさ》の善観房《ぜんかんぼう》という僧がそれに節《ふし》を決めて梵唄《ぼんばい》としたものであった。一念《いちねん》義流《ぎりゅう》の念仏の最初である。これを唱《とな》えることは、後嵯峨《ごさが》天皇の御代《みよ》から始まった。法事賛《ほうじさん》も同じく善観房がはじめたものである。

二三八

千本《せんぼん》（京都の大報恩寺のこと）の釈迦《しゃか》念仏は、文永《ぶんえい》（一二六四〜七五）のころ、如輪上人《にょりんしょうにん》（澄空）が始められたものである。

二二九

よい細工人《さいくにん》は、いくぶん鈍《にぶ》い刀を使用する、ということである。光仁朝《こうにん》（七七〇～八一）の名仏工妙観《みょうかん》の刀も、あまり鋭利ではない。

二三〇

五条の内裏《だいり》には化物《ばけもの》がいた。藤大納言殿《とうのだいなごんどの》のお話しなされたところでは、殿上人たちが黒戸《くろど》の間に集合して碁《ご》を打っていたら、御簾《みす》を上に持ち上げて見るものがある。たれだとふり向いて見ると、狐《きつね》が人間のようにちゃんとすわって、のぞいていたので、やあ、狐だと騒がれて逃げまどうていた。未熟な狐が化けそこなったものとみえる。

二三一

園別当入道《そののべっとうにゅうどう》藤原基氏《ふじわらもとうじ》は、料理にかけては無比の名人であった。ある人のもとでりっぱな鯉《こい》を出したので、衆人は別当入道の庖丁《ほうちょう》を見たいと思ったが、こともなげに言い出すのもはばかられるので遠慮していたのに、別当入道は如才《じょさい》のない人で「このあいだから、百日つづけて鯉を切ることにしていましたのに、今日だけ休みたくないものです。ぜひともそれをいただいて切りましょう」と言って切られたのは、すこぶる好都合でおもしろいと、みなは感じました。と、ある人が北山太政入道殿《きたやまだじょうにゅうどうどの》西園寺《さいおんじ》公経《きんつね》に話したところが、そんなことを自分はまことに小うるさいと思います。切る人がないならください、切りましょうと言ったらもっとよかったでしょうに。なんだって、百日の鯉を切るなんて、ありもしないこしらえごとを、と仰《おお》せられたのは、いかにもとぞんじましたとある人が言ったのに、自分もすこぶる共鳴した。

いったい、いろいろ趣《おもむき》を凝《こ》らしておもしろみをそえたのよりは、わざとらしい趣向などはなく、あっさりしたのがいいものである。客を饗応《きょうおう》するにしても、何かしかるべき口実を設けてもてなすのも悪くはないが、それよりは別になんということなしに取り出したのがいたってよい。人に物をやるにしても、とくにこれという理由を設けないで、あげましょうと素直に言ったのが、真実の志《こころざし》というものである。惜しむような様子をして欲しがらせたり、勝負事の負けた賭物《かけもの》などにかこつけて与えるのは、見苦しい。

二三三

総じて、人間は無知無能な者のようにしているのがよろしい。ある人の子で、風采《ふうさい》などもりっぱな人が、父の前で人と話をするのに史籍の文句を引用していたのは、賢そうに聞こえはしたが、目上の人の前では、そんなでない方だと感じたものだ。

またある人のもとで、琵琶法師《びわほうし》の物語を聞こうと琵琶を取り寄せたところ、その柱《じゅう》の一つが落ちていたので、すぐに柱を作ってつけておいたらよかろうと言うと、一座にいた相当なふうをした男が、古い檜杓《ひしゃく》の柄《え》がありますかと言うので、その男を見ると爪《つめ》を長くはやして琵琶などを弾く男だなと思えた。盲法師《めくらほうし》の弾く琵琶は、音楽のもの同様に取扱うにもおよばぬ沙汰《さた》である。自分がその道の心得があるというつもりで、きいたふうを言ったのかと思うと、冷汗ものであった。檜杓の柄は、ひもの木（檜物木。ヒノキ細工に使う板のこと）とかいうもので好くないものだのに、と後《のち》にある貴人が言っておられた。若い人の場合はちょっとしたことでも、好《よ》い感じを受けたり、悪い感じを受けたりするものである。

二三三

万端、過失のないようにと心がけるなら、何につけても誠実に、相手を問わず恭謙《きょうけん》の態度をもって、言葉数の少ないのに越したことはない。老若男女を問わず、何人《なんぴと》もそういう人が好《よ》いけれど、なかんずく、青年で風采《ふうさい》のあがった人が言葉のよいのは、忘れがたく感銘するものである。すべての過失というものは慣れきった様子でじょうずぶり、巧者らしい態度に、人をのんでかかるので起こるものである。

二三四

人が物を問うたとき、知らないわけでもあるまい。ありのままに答えるのも気がきかないとでも思うのか、曖昧《あいまい》な返事をするのはよくないことである。知っていることでも、もっと確実にしたいと思って問うのであろうし、また、ほんとうに知らない人だってないはずもなかろう。それゆえ、人の質問に対しては明白に答えるのが穏当であろう。

　人がまだ聞きつけないことを自分が知っているからというので、先方から問い合わせがあったときなどに、自分のひとり合点《がてん》で、ただあの人のこともあきれかえったものですねというようなことだけを返事してやると、事件そのものを判然と知らないほうでは、どんなことがあったのだろうかとさらに押しかえして問いに行かなければならないのなどは、まことにいやなしだいである。世間周知のことだって、つい聞きもらす場合(44)だってあるのだから、腑《ふ》におちない節《ふし》のないように知らせてやるのが、なんで悪いはずがあろうか。こんなやり方は、世事に慣れない人のよくやることである。

二三五

持主《もちぬし》のある家へは、用のない人間などが気ままに入ってくることはないが、主《あるじ》のいない家へは、通りがかりの人でもむやみに入りこんで来る。狐《きつね》や梟《ふくろう》のようなものでも主のない家は人気に妨《さまた》げられないから、得意然と入りこんで住み、木魂《こだま》などという怪異などまで現われるものである。また、鏡には色や形がないから、種々の物の影も映る。もし鏡に定住のものともいうべき色や形があったなら、外物の影は映らないであろう。

空虚なところへは、よく物が入りこむ。雑多な欲念が勝手に思い浮かんでくるのも、本心というものがないからであろう。心に一定の主体さえあったなら、胸中かように雑多なことが入ってはこないのであろう。

二三六

丹波《たんば》に出雲《いずも》という所がある（現在の京都府亀岡市の出雲）。名にちなんで杵築大《きづきたい》社《しゃ》を移してりっぱに社《やしろ》を造営している。志太《しだ》の某《なにがし》という人が、知行《ちぎょう》していると ころだから、この人が、秋のころ、聖海上人《しょうかいしょうにん》をはじめ、数多《あまた》の人々を誘い、さ あどうぞ、出雲の社へ御参詣《ごさんけい》かたがた牡丹餅《ぼたもち》でも召し上がってくださいという ので、案内していってくれたので、人々は参拝して大いに信心を起こしたが、 ふと見ると神前の獅子《しし》や狛犬《こまいぬ》が反対に、うしろ向きに立っていたので、上人が ひどく感心して、ああありがたい。この獅子の立ち方が実に珍しい。深い訳《わけ》が あろうと感涙《かんるい》をもよおして、「どうです、みなさん、ありがたいことが、お気 づきにはなりませんか。しかたのない人たちだ」と言ったので、人々もふしぎ に思って「なるほど、他処《よそ》とは変わっていますね。都への土産話《みやげばなし》にしましょう」 などと言ったものだから、上人はいっそうゆかしく思って、おとなしくて物わかりのしそうな顔をした神官を呼んで「ここのお社《やしろ》の獅子の立て方は、きっと由来のあることでしょう。御説明を願いましょう」とたずねられると、「それでございますか、腕白《わんぱく》どもがしでかした不都合ないたずらです」と答え、そばへ立ち寄って据《す》え直して行ってしまったので、上人の感涙も、ふいになってしまった。

二三七

「柳箱《やないばこ》（身の回りの小物などを入れる柳細工で作った箱。フタを台として使った）に置くのは、縦《たて》向きにしたり、横向きにしたり、物品によるものでしょうか、巻物などは縦に置いて、木の間からこよりを通して結びつけます。硯《すずり》も縦に置くと筆が転《ころ》ばないでよい」と三条右大臣殿が言っておられた。世尊寺家《せそんじけ》(45)のお方たちは、かりにも縦に置くことはなく、きっと横向きに据《す》えられたものでした。

二三八

御随身《みずいじん》の近友《ちかとも》の自賛といって、七ヵ条書きつけていることがある。馬術に関したつまらぬことどもである。その先例に見ならって、自分にも自賛のことが七つある。

一、人を多く同伴して花見をして歩いたが、最勝光院《さいしょうこういん》の付近（現在の京都・三十三間堂あたりといわれる）で、ある男の馬を走らせているのを見て「もう一度あの馬を走らせたら、馬が倒れて落馬するでしょう。ちょっと見ていてごらん」と言って立ちどまっていると、また馬を走らせた。それをとめようとするところで馬を引き倒し、男は泥のなかへ転《ころ》び落ちた。自分の言葉の的中したのに、人々はみな感心した。

一、今上《きんじょう》の帝《みかど》が、まだ東宮《とうぐう》であらせられた（皇太子であった）ころ、万里小路《までのこうじ》殿藤原宜房《どのふじわらよしふさ》邸が東宮御所《とうぐうごしょ》であった。堀川大納言《ほりかわだいなごん》殿東宮大夫《どのとうぐうだいぶ》藤原師信《もろのぶ》（または源具親《ともちか》）が伺候《しこう》しておられたお部屋へ、用事で参上したところが、論語の四、五、六の巻を繰りひろげていられて「ただいま東宮御所で、紫《むらさき》の朱《あけ》をうばうを悪《にく》む」という文《もん》を御覧あそばされたいことがあって、御本《ごほん》を御覧あそばされたが、お見出しあそばさぬのです。なおよく探してみよとお言葉があったので、それを探しているところであると申されたので、「九の巻のこれこれのところにございます」と言ったところ、堀川殿はやれうれしやと言って、御所へ持って参られた。これくらいのことは、子どもにだってよくあることだけれど、昔の人は、ちょっとしたこともたいそう自慢にしたものでした。後鳥羽院《ごとばいん》がお歌のことで、「袖《そで》とたもととを一首のなかに入れては悪かろうか」と定家卿《ていかのきょう》におたずねになった際、定家が「秋の野の草のたもとか花すすき穂に出《い》でてまねく袖《そで》と見ゆらむ」という古歌もございますから、差しつかえはございますまいと申されたことをも「時に応じて、根拠とすべき歌をはっきり思い出したのは、この道の冥《みょう》加《が》で運がよかったのである」とおおげさに書きつけておかれた。九条相国伊《しょうこくこれ》通《みち》公（藤原伊通）の款状《かんじょう》（上中書、嘆願書）にも、つまらぬ項目まで列挙して自賛しておられる。

一、常在光院《じょうざいこういん》の撞鐘《とうしょう》の銘《めい》は、菅原在兼《すがわらありかね》卿が原稿を作られた。それを藤原行房《ふじわらゆきふさ》朝臣《あそん》が清書して、鋳型《いがた》にうつさせようとせられた時、そのことを奉行《ぶぎょう》していた（命によって実務を行なっていた）入道が、自分にその原稿を取り出して見せたのを見ると、その中に「花の外に夕《ゆうべ》を送れば声百里《はくり》も聞ゆ」という句があった。「陽唐《ようとう》の韻《いん》と見えるのに、百里とあるのは韻を誤ったのでしょうか」と自分が言ったら、奉行の入道は大喜びで「あなたにお目にかけてよいことをしました。自分の手柄になります」と言って、入道が在兼卿のところへ言ってやったので、彼は「なるほど、まちがいでした。どうか数行《すこう》と直してください」と韻を合わせた返事があった。数行にして韻だけは合わせてもまだ変ではなかろうか、あるいは数歩という意味かしら。よくわからない。

一、人を多数同伴して叡山《えいざん》の三塔順礼をした時、横《よ》川《かわ》の常行堂《じょうぎょうどう》の中に龍華院《りょうげいん》と書いた古い額《がく》があった。「筆者、あるいは藤原《ふじわら》の佐理《さり》か、藤原行成《こうぜい》かと、この二人のいずれかに疑問があって、まだ決定できないということになっています」と、堂にいる僧がぎょうぎょうしく述べていたので、自分は「行成の筆ならば裏書《うらがき》があるはずだし、佐理なら裏書はないはずですね」と言ったので、額の裏の塵《ちり》が積もって、虫の巣がくっついてむさ苦しくなっているのをよく掃《は》きぬぐって、みなで検《しら》べてみたら、行成の名、官位、名字、年号などが確実に見えたので一同おもしろがった。

一、那蘭陀寺《ならんだじ》で道眼上人《どうげんしょうにん》が説教中に、八災《はちさい》の一々の名を忘れてだれか記憶した人はありませんかと仰《おお》せられたるに、弟子僧は一人も覚えていなかったのを、自分が聴聞《ちょうもん》席からこれとこれでしょうと数え出したので、たいへん感心しておった。

賢助《けんじょ》僧正に連れられて加持《かじ》香水《こうずい》のお儀式を拝観した時、まだすまないうちに僧正は帰途につき、衛士《えじ》の詰所《つめしょ》の外まで出られたが、同行の僧都《そうず》の姿が見えない。法師どもを使《つかい》にやって探させたが「同じような様子の群集のなかで見わけがつきません」とだいぶぐずぐずしてから出て来たので「ああ困ったなあ、さがして来てくださらぬか」と言われたので、自分は奥へはいって行って、すぐに連れて出てきた。

一、二月十五日の月の明るい晩、だいぶふけてから千本の釈迦堂《しゃかどう》へ参詣《さんけい》、後方から、ひとり、顔をすっぽりかくしてお説教を聴聞《ちょうもん》していたところ、姿も焚《た》きしめた香料なども抜群な美しい女が人を押しわけてきて、自分の膝《ひざ》に寄りかかって、香などまで移ってくるほどなのでぐあいが悪いと思って後へ退《しりぞ》くと、女はそれでもまだ近寄って同じ様子をするので、自分はその場を立ち去った。その後、ある御所に仕《つか》えていた老女房が、雑談の末に、あなたはまるで色気のない方で、つまらぬ人と考えていたこともございました。無情なお方と恨《うら》んでいる向きがありますよと話し出したが、いっこうに思い当たることもありませんと答えてすましたが、このことをさらにのちに聞いたところでは、例の聴聞の別室から、ある貴婦人が自分をお見つけになって、おそばの侍女を作り立ててお出しになって、「うまくゆくと言葉をかけますよ。何を言うか向こうの態度を注意しておいて、帰ってきて話して聞かせてください。おもしろいでしょうから」と言うので、おためしになったのであったということである。

二三九

八月十五日、九月十三日は、婁宿《ろうしゅく》（宿は星座の意で、婁宿は二十八星座のひとつ）の日である。この婁宿は清明な宿《しゅく》であるから、月を賞するのに絶好の夜としてある。

二四〇

忍ぶ恋ゆえ、はばかる人目の窮屈さに心のままならず、暗夜にまぎれて通《かよ》うのに周囲にはつき守る人の多いのを、むりにも通《かよ》おうとする心の深く痛切なのに感動させられて、忘れられないことなども多くなるのであろう。親兄弟が認めて、いちずに迎え取って家に据《す》えておくようなのは、あまり公然すぎ露骨にいとわしく、天下晴れてはまぶしくはずかしかろうではないか。

世に住みあぐんだ女が、不似合いな年寄《としより》坊主や卑《いや》しい東国人《とうごくびと》、なんでもよいから景気のよさそうなのに気を引かれて、さながらに根のない浮きぐさの誘う水にまかせてどこの岸にでもという気になっているのを、媒介人《なこうど》が双方へうまく持ちかけて、見も知らず知られもせぬ人を連れてくる。愚劣千万な話。おたがいに何を話題のいとぐちにすることやら。年来慕《した》って会うすべもなかった憂《う》さつらさ、恋路の峠をなど語り合ってこそ、はじめて話の種も趣《おもむき》もつきぬものではあろうに。

いっさいを他人が取り計らってくれたのなどは、気の乗らないいやなことがさぞ多かろう。相手が美しい女であったとしたら、品格のない老年の男としてはこんなぶざまな自分などのためにもったいない、あんな美しさをむざむざと捨てずともよさそうなものだと、相手の心情も卑《あや》しまれ、自分では連れ添うているのも気はずかしくなってしまって、とんとつまらぬ気もちであろう。

君のそば近く梅香の匂《にお》やかな夜のおぼろ月に立ちつくしたり、御垣《みかき》のもとの草原の露踏み分けて有明月《ありあけづき》に女のもとを出てくるような経験を、わが身の上にふりかえって見ることのできないような人は、好色の心などを起こさぬに越したことはない。

二四一

十五夜の月の円満な形も、一刻も固定的なものではない。すぐ欠けてくる。注意深くない人は、一夜のうちにだって月の形がそれほど変化してゆく状態などは、目にもとまらないのであろう。病が重なるのもある状態でおちついているすきもなく、刻々に重くなっていってやがて死期は的確にくる。しかし病勢がまだあらたまらず、死に直面しないあいだは、とかく人間は人生が固定不動という考えが習慣になって、生涯のうちに多くの事業を成就《じょうじゅ》してのち静かに仏道を修行しようなどと思っているうちに、病にかかって死の門に接近する。その時かえりみれば、平生の志《こころざし》は何一つ成就していない。このたび命をとりとめて全快したら、昼夜兼行このこともあのこともつとめて完成しようという念願を起こすようであるが、ほどなく病が昂《こう》じては我を忘れて取り乱して終わる。人間はだれしもこんなふうである。何人《なんぴと》も、この一事を痛切に念頭に置くべきである。

欲望を成就してのちに、余暇があったら道を修《しゅう》しようという気では、欲望は際限もあるまい。幻のような人生において、成就するに足る何事があろうぞ。いっさい欲望はみな妄想《もうそう》である。所願が心に現われたら、妄念《もうねん》が身を迷わし乱すものと自覚して、何事もしないのがよい。いっさいのことを放擲《ほうてき》して仏道に向かったならば、なんの障害もなく為《な》さねばならぬという仕事もなく、心身ともに永久に安静である。

二四二

いつまでも、あるいは逆境、あるいは順境に処して、それに支配されるのはもっぱら苦楽のためである。楽《らく》は好ましく愛するの意である。好み愛するものを求める情はいつまでたってもやまぬ。無際限なものである。人の楽欲《ぎょうよく》するところは、第一に名誉である。名誉のうちに二種類、行為に関するもの、才能芸術に関するもの二つ。楽欲の第二は色欲である。その第三は飲食物に対する欲である。いっさいの欲望は、この三つをもって最上とする。この三つはいずれも、人間の本性に違背した心から発しているので、それには多かれ少なかれ、煩悶《はんもん》を伴《ともな》う。求めないのが最もいい。

二四三

八歳になった時、自分は父にたずねて、仏とはどんなものでしょうかと言うと、父は、仏とは人間がなったのだと言う。またたずねて、人間がどうして仏になったのでしょう。すると父が答えて、仏に教えられてなるのです。さらにたずねて、その教える仏は何が教えて仏にしたのでしょう。父が答えて、それもまたその前になっていた仏の教えによっておなりなすったものです。そこでさらにたずねて、それではその一番はじめに教えた第一番の仏は、どうしてできた仏でしょうと言うと、父は、さあそれは天から降《くだ》ったかもしれない、地から湧《わ》いたのかもしれない、と言って笑った。あとで子どもに問いつめられて返答ができなくなりました、といろんな人に話しておもしろがっておられた。

注釈

（1）『徒然草』　本書の冒頭は「つれづれなるままにひぐらし硯《すずり》に向ひて、云々」ということばで始まっている。これからつけられた題名で、「くさ」は話の種というほどの意味。

（2）「増賀」　平安朝中期の天台の高僧。慈慧《じけい》の弟子で、名利を欲せず、冷泉上皇《れいぜいじょうこう》の内供奉《ないぐぶ》、皇后詮子《せんし》の戒師《かいし》をも辞退した。諸国を巡り、後に多武峰《とうのみね》に安住した。

（3）「藤原師輔公の遺誡」　師輔は朱雀《すざく》・村上両朝に仕え、右大臣となった。その子孫のために残した遺誡は「九条殿《どの》の遺誡」といわれ、宇多天皇の「寛平の御遺誡」とともに公卿の必読の書とせられた。

（4）「子孫のかわいさに」　訳者注―白楽天の句に、「朝露名利を貪り、夕陽子孫を憂う」とある。
(5)「糸による物ならなくに」　訳者注―糸によるものならなくに別れ路の心細くも思ほゆるかな。
(6)「ものとはなしに」　訳者注―前述の上の句の「糸によるものならなくに」を『源氏物語』には「ものとは無しに」と変えて引用していることを指す。
(7)「残る松さへ峰にさびしき」　訳者注―冬の来て山もあらはに木の葉ふり残る松さへ峰にさびしき。
(8)「荷前の使」　諸国から早稲《わせ》の初穂を宮廷に奉ったのが荷前の貢進で、『万葉集』の「東人の荷前の箱の荷の緒にも妹が心にのりにけるかも」の歌にもあるように東国からの貢進がその異風をもって強く印象せられた。後には荷前の貢進よりもこれを十陵八墓《りょうはちぼ》へ奉献する荷前の使のほうに興味が移って、もっぱらこれをいうようになった。
(9)「陣に夜のもうけせよ」　訳者注―節会《せちえ》の折の諸卿の座（陣）に灯火の用意を命令する言葉である。
(10)「かいともし、とうよ」　訳者注―主上の御寝所（夜御殿）をということを、ただ「掻灯疾うよ」といっていることをさしている。

(11)「野宮におらせられるおん有様」 訳者注―伊勢の大神宮に奉仕される内親王が、嵯峨の有栖《ありす》川の御殿（野宮）で潔斎される時のことをいうのである。

(12)「染め紙」 伊勢の斎宮《さいぐう》、賀茂の斎院は仏事を忌《い》んだため、仏教上の用語その他、穢《けが》れのことばを避けて忌みことばを使用した。経は黄や紺の色の紙に書くので染め紙といい、以下、仏をなかご、寺をかわらぶき、僧をかみながなどといった。

(13)「昔見し」 訳者注―以前の愛人の門に来てみたが垣根の面目は一変し、荒涼として茅花の茂る間に可憐《かれん》な菫《すみれ》の花が少しばかり見えているばかりであった（あの人の心のうちは、いま果たしてどんなであろうかという意味である）。

(14)「とのもりの」 訳者注―主殿寮《とのもりょう》の下司どもは自分のほうをすてておいて、掃除も行きとどかない庭は花の散り敷くのにまかせている。

(15)「名さえ知れなくなり」 訳者注―白楽天の詩に、「古墳何《いず》れの代の人か、北して路傍の人と為るや、知らず姓と名を、年年春草を生ず」とある。

(16)「薪に摧かれ」 訳者注―文選の古詩に、「廓門を出でて直に視る、ただ丘と墳を見る、松柏は摧けて薪と為り、白楊悲風多し、蕭々として人を愁殺す」とある。松は中国では墓畔に植える樹である。

（17）「法然上人」　浄土宗の開祖。源空《げんくう》。平安末期から鎌倉初期にかけての乱世に出て、ひたすら念仏すれば、末世の凡夫も弥陀《みだ》の浄土に生まれ変わることができると説いた。

（18）「二の舞」　舞楽の「安摩《あま》」の次に、そのもどきとして舞うのが「二の舞」で、その面は醜悪な表情をしていた。

（19）「鼻のつまったとき」　原文は「ややはなひたる時」で、くしゃみをしたときと解するのが普通である。なお、この段には柳田国男氏に説があって、赤ん坊がくしゃみをした際にはそばの者が代わりに「くさめ」と唱え、または枕もとのひもを結ぶなどの呪術を行なって霊魂の遊離を防ぐ。そういう習俗にもとづいて、尼が養君のために「くさめ」と唱えているのだとせられる。

（20）「仁和寺」　京都市右京区御室《おむろ》にある真言宗御室派の宗山。兼好法師が長く住んでいた双《ならび》が岡《おか》は御室の内に属しており、兼好は仁和寺と相当深い関係を持っていたとみられる。

（21）「紅葉を焼いて」　『白氏文集』の「林間に酒を暖めて紅葉を焼く」を引用して、気取った言い方をした。

（22）「甑」　米などを蒸す器具で、今の「せいろ」にあたる。出産に際して甑を落とす話は、『平家物語』の安徳天皇誕生の条に出てくる。産所の神に帰ってもらうことを要求して、出産を促《うなが》す呪術である。
(23)「ふたつ文字」 ふたつ文字は「こ」、牛の角文字は「い」、直《す》ぐな文字は「し」、曲《ゆが》み文字は「く」で、「こいしく」を隠して歌ったもの。文字遊戯の一種で謎々である。
(24)「押領使」 地方官で、国司郡司のうち武芸に長じた者を任命し、盗賊・姦民などを討ち平らげる役であった。
(25)「性空上人」 平安中期の僧で、播磨国《はりま》(現在の兵庫県南西部)書写山円教《えんきょう》寺の開山。円融・花山の二上皇が法を問われた。和泉式部《いずみしきぶ》が「暗きより暗き道にぞ入りぬべきはるかに照らせ山の端の月」とよんで贈った話(『拾遺集』)、神崎の遊女の歌舞に生身の普賢《ふげん》の姿を見た話(『十訓抄』)など伝説的な要素も濃い。
(26)「清暑堂」 宮中豊楽院《ほうらくいん》の後房を清暑堂といい、大嘗会《だいじょうえ》の御神楽《みかぐら》がここで行なわれた。御神楽はのちに毎年十二月、内侍所《ないしどころ》の庭で行なわれるようになった。
(27)「玄上」 牧場《ぼくば》などとともに代々宮中に伝わった琵琶の名器。名器には多く伝説が付随するが、玄上については内裏炎上の際に自然に庭へ逃れた話、また朱雀門《すざくもん》(一説には羅生門）の鬼が持ち去った話などが伝えられている。
（28）「頓阿」　室町時代の歌人、兼好と交友関係があり、ともに当代の和歌四天王の一人と称された。時宗《じしゅう》の僧侶であるが、兼好同様隠者としての性格が濃い。家集に『草案集《そうあんしゅう》』がある。
（29）「何阿弥陀仏」　阿弥陀仏の弟子であることを示す名で、略して何阿弥・何阿となる。連歌師など隠者の名に多い。観阿弥・世阿《ぜあ》弥などの名もこれである。
（30）「赤舌日」　赤口日《しゃくくにち》と同じで、陰陽道《おんようどう》では万事に凶であるとしている日。赤舌は木星の西門の門番で、その部下六鬼のうち凶悪な第三鬼羅刹《らせつ》が守る日が赤舌日である。
（31）「わが朝のものとも」　わが朝でないから唐《から》。忠守が帰化人の子孫であることからかけた謎。唐瓶子《からへいし》と解いたのは、『平家物語』に平忠盛の出生地伊勢にことよせて「伊勢瓶子はすがめ（醯甕と眇をかけた）なりけり」とはやしたとある故事から、同音の名の忠守を、この方は唐瓶子だとからかったもの。宮廷生活におけるこの種のいたずらは枕草子（二四五段参照）にもみえている。
（32）「四部の弟子」　釈迦《しゃか》の弟子の四種の段階で、上から比丘《びく》、比丘尼《びくに》、優婆塞《うばそく》、優婆夷《うばい》の順である。比丘は僧、比丘尼は尼僧、優婆塞は仏門に帰依した俗の男、優婆夷は仏門に帰依した俗の女である。四衆ともいう。
(33)「馬のきつりょう」　当時の謎でいろいろに解かれている。「かり」と解くのが通説で、「馬退《の》きつ」で馬の字を消し、「りやうきつにのをか」の中くぼれいり、すなわち中の部分を削って、「り」と「か」が残る。く（ぐ）れんどうは転倒することで、「り」と「か」を転倒して「かり」となるというのである。ほかに「かき」とも「かのにき」ともする説がある。
(34)「土偏」　塩の字は略字で本字は鹽である。土偏と答えたので学才の程度が知れたのだ。
(35)「阿字阿字」　阿は梵語の第一字母で、一切諸法の根元であるとして、仏教で尊ばれていた。馬を洗う男のかけ声を「阿字阿字」と聞いたもの。「阿字本不生」とは、一切諸法はもともと不生・不滅であるということわりのこと。
(36)「日野資朝卿」　吉野の朝廷の忠臣。後醍醐天皇の信任が厚く、権中納言に任ぜられた。正中二（一三二五）年、討幕の企てが洩《も》れて佐渡に流され、のち配所で斬殺された。
(37)「為兼大納言入道」　鎌倉時代の歌人。京極《きょうごく》家の為教《ためのり》の子で、冷泉《れいぜい》家を助けて二条家と対立し、その堂上風の歌風を排した。『玉葉集《ぎょくよう》』の撰者として独自の歌風を立て、『風雅《ふうが》集』にもそれが及んでいる。また、大覚寺《だいかくじ》・持明院《じみょういん》の皇統争いにも、持明院統にくみして佐渡に流され、一度は許されて京に帰った。正和四（一三一五）年、ふたたび六波羅《ろくはら》に拘引され、翌年、土佐に流された。ここの記事は佐渡配流《はいる》の時という。

(38)「小野小町」　小町は六歌仙の一人であるが、その生涯は伝説的な要素が多く、実歴はほとんど分からない。ここに「玉造という本」とあるのは『玉造小町壮衰書《たまつくりのこまちそうすいしょ》』のことで、小野小町とは別人であるが混同されている。

(39)「世を隔てたことか何か」　訳者注―伝説に人の前世を隔生即志というに因《よ》ったのであろう。

(40)「有りもせぬ肴を」　訳者注―「御肴何」は普通催馬楽《さいばら》のその句を歌いつつと解くが、自分は与謝野晶子氏の解に従った。

(41)「人のたくさん」　以下の話は、鴨長明の『無妙抄《むみょうしょう》』にもみえている。歌道に熱心なことを賞賛する逸話として有名だったのであろう。

(42)「揚名介」　揚名は職掌・俸禄の伴わない名称だけの官職で、多くは次官以下である。『源氏物語』夕顔の巻にみえているが、後代不明となったらしく、歌人・連歌師の間で「源氏三ケの秘事」の一つとして、ことごとしく扱われた。
（43）「呼子鳥」『古今集』の三鳥の一つとして秘伝とされた。今のカッコウの類といわれる。徒然草がこの種の和歌の知識を書き留めていることは、女房日記や抄物《しょうもつ》から発した日本の随筆の性格を示しているものだ。なお、「鵺」はトラツグミのこと。
（44）「つい聞きもらす場合」訳者注──「聞き洩《も》らすこと」一本には「聞き洩すあたり」とあり、前者を場合と訳し、後者ならば境遇などとするが適当らしい。
（45）「世尊寺家」　藤原行成《ゆきなり》の系統で能書をもって聞こえた家筋。

解説

池田弥三郎

「王朝」という語にふさわしい時代は、平安時代の終わりの百年間ほどのいわゆる院政時代に入るまでをいうとみるべきであろう。人によっては、平安朝以前を前期王朝と言い、平安朝時代の院政開始までを、後期王朝と言い分けたりもする。むしろ、ことばの厳格な意味では、奈良朝およびそれ以前をこそ、王朝と呼ぶべきかもしれない。しかし普通には、武家政治の開始まで、その中特に平安朝を、王朝と考えている。

『徒然草』は、吉田兼好（一二八三頃～一三五二頃）の作だから、もちろん王朝期のものではないし、『方丈記』は、まず鴨長明（一一五五～一二一六）の作だろうから、これも王朝の随筆ではない。

この二書が王朝のものでないというのは、単にそれが、鎌倉・室町の時代にできたからそうでない、というだけでなく、作者の階級が王朝とは異なっているという、非常に大事な相違がある。

鴨長明（ながあきらと呼ぶべきだが、普通ちょうめいと言う）は、賀茂の社《やしろ》の人である。そして世をのがれて出家した。兼好（けんこう）もまた、もとはかねよしと名のり、北面の武士であった人だが、比叡山にのぼって剃髪《ていはつ》した。僧として、仏道の修業に努力はしたのだろうが、脱俗後も文事にはたずさわっていて、必ずしも僧として傑出した人となったわけではない。出家といっても、寺の生活にひたりきるというよりも、俗世間をはなれながら俗世間に交わっている、という生活を営んでいた人だ。俗塵《ぞくじん》にまみれながら、そういう自分をわきから眺めている、といった生活気分にあった人たちだ。こういう特殊な生活にあった人たちを、われわれは「隠者」と呼んでいる。

隠者の生活の伝統は長い。外形は僧侶がもっとも多かったが、必ずしも僧と限ったわけではない。王朝の間に、すでにそういう人たちが出て来ていたが、長明や、ほぼ同時代の西行などにいたって、隠者の階級が確立し、兼好を経て、近世の芭蕉などにまでつながっていく。

隠者の生活は、長明が『方丈記』に書いているように「その家の有様、世の常にも似ず、広さは僅《わず》かに方丈、高さは七尺がうちなり」といった、簡素な生活である。——方丈記の名はこれから出た——しかし、文筆にたずさわっているから、いわゆる権門にも自由に出入りした。兼好には、艶書を代筆したという伝説が『太平記』に伝えられているが、貴顕の人々のために、そんなことも行なうことのあるのが隠者の一面でもあったとみるべきであろうと思う。後の芭蕉にも、パトロンの家に行った時、その主人が嫌いだというので、好きなたばこをのまなかった。弟子の其角が、勢いにこびるものだと怒った時、芭蕉がお前には風流がわからない、と言ったという話が伝えられている。こういう一連の話の中に、隠者の階級の生活気分が察せられるであろう。

隠者の階級に属する者の生活は長く続き、その生活気分が文学を指導した時代も長かった。長明も兼好も歌人であり、ことに兼好は頓阿などとともに、当時、和歌の四天王と称えられた。しかし兼好の歌は大したことはない。それは兼好自身の責任というより、和歌がすでに文学の主流を、価値的には去りつつあった時代であり、しかも兼好が属した「二条派」の歌は、とりわけ文学的生命の低いものであったことにもよる。むしろ、連歌に、続いて俳諧に、文学的生命の流れは伝わっていった時代が背景になっている。だから兼好も、もし『徒然草』を残さなかったとしたら、われわれに記憶されること、これほどのことはなかったろうと思われる。

『方丈記』と『徒然草』とは、ひとくちに随筆といっても、内容は異なっている。『方丈記』は、作者が隠退して後に、過去の見聞きした、無常の世の中の事象を追想回顧したもので、その点では、『更級日記』などの系統である。——もっとも、長明の『方丈記』は慶滋保胤《よししげのやすたね》の『池亭記』（九八二成立という）の模倣と言われ、そこから偽作説も出ている——それに比べて『徒然草』は断片的な感想・評論であって、一貫したテーマはない。その点では『枕草子』の系統である。

しかし、日本文学史のうえから眺めると、格段に『徒然草』は大事である。文学的価値において前者がまさり、文学的意義において後者がまさっているというべきだろうか。

それは、『徒然草』は一種の知識宝典とみるべき書物で、近世の俳諧師や浄瑠璃《じょうるり》作者などの、手近かにおいた便利な百科辞書だったに違いない。そうした扱われ方をした書物としてみるべきであろう。

『徒然草』には、一種の王朝をあこがれる思想があるが、近世の諸作家は、『徒然草』の目をとおして、王朝を感じていたらしい傾向がある。有職故実《ゆうそくこじつ》の知識も、この書から学んだものが多かったらしい。仏教思想にしてもそうで、有為転変《ういてんぺん》といった考えは、近世の作家は『徒然草』をとおして感じとったらしい。それらのもっとも端的な現われは、近世に、「何々つれづれ草」の続出である。またその注釈類の多いことも、よく読まれたことの証拠と言っていいだろう。

『徒然草』に、もし一本の通った筋というものを求めるなら、やはり無常観であろうが、しかも滑稽《こっけい》味があふれている点も注意を要する。実践的な道徳を説き、理窟を言うのにあげてくる話が、はからざる滑稽感をともなう点は、『徒然草』を一段と親しみやすいものにしている。

榎《えのき》の僧正《そうじょう》が切株《きりかぶ》の僧正となり、それが堀池の僧正とあだ名が移ってゆく話、男山の末社だけで帰って来た話、いくらも思い出せる。しかも所々に、冥想的な、思索的な内容を加え、人生の深い哲理にも肉薄している。おそらく兼好は単純な人がらではなく、複雑な多方面の才をそなえた人であったのだろう。

『徒然草』は、われわれの年代の者は、大学予科や旧制高等学校の入学試験準備のために読まされた。そのために、この書に対する自由さを失った読者とならざるをえない不幸に見舞われたのだが、年がたってから、自由な気もちでとり上げてみると、ハッとするようなことが出てくる。家は涼しさをむねとして建てろとか、病気をもった人を友人とせよと言ったことばは、なかなか味のあることばだと思う。生意気盛りのわれわれに、便利な教科書として使われたことが、『徒然草』をむしろ不幸にしていたように思う。

本書は、一九七六年に小社より刊行された『日本古典文庫10　枕草子・方丈記・徒然草』をもとにしたものです。

本書中に、身体や社会的身分などに関して、今日から見ると差別的用語と思われるもの、偏見を喚び起こす恐れのある表現が使用されていますが、作品が成立した時代背景を考慮されてお読み下さるよう、お願いいたします。

（編集部）

現代語訳　徒然草

訳者　佐藤春夫

二〇〇四年 四 月二〇日　初版発行
二〇二五年 五 月三〇日　15刷発行

発行者　小野寺優
発行所　河出書房新社
東京都新宿区東五軒町二－一三
☎〇三－三四〇四－八六一一（編集）
〇三－三四〇四－一二〇一（営業）
https://www.kawade.co.jp/

デザイン　粟津潔

印刷・製本　大日本印刷株式会社

落丁本・乱丁本はおとりかえいたします。

Printed in Japan　ISBN978-4-309-40712-8

青春デンデケデケデケ

芦原すなお　　40352-6

1965年の夏休み、ラジオから流れるベンチャーズのギターがぼくを変えた。“やーっぱりロックでなけらいかん”――誰もが通過する青春の輝かしい季節を描いた痛快小説。文藝賞・直木賞受賞。映画化原作。

A感覚とV感覚

稲垣足穂　　40568-1

永遠なる“少年”へのはかないノスタルジーと、はるかな天上へとかよう晴朗なA感覚――タルホ美学の原基をなす表題作のほか、みずみずしい初期短篇から後期の典雅な論考まで、全14篇を収録した代表作。

オアシス

生田紗代　　40812-5

私が〈出会った〉青い自転車が盗まれた。呆然自失の中、私の自転車を探す日々が始まる。家事放棄の母と、その母にパラサイトされている姉、そして私。女三人、奇妙な家族の行方は？　文藝賞受賞作。

助手席にて、グルグル・ダンスを踊って

伊藤たかみ　　40818-7

高三の夏、赤いコンバーチブルにのって青春をグルグル回りつづけたぼくと彼女のミオ。はじけるようなみずみずしさと懐かしく甘酸っぱい感傷が交差する、芥川賞作家の鮮烈なデビュー作。第32回文藝賞受賞。

ロスト・ストーリー

伊藤たかみ　　40824-8

ある朝彼女は出て行った。自らの「失くした物語」をとり戻すために――。僕と兄アニーとアニーのかつての恋人ナオミの３人暮らしに変化が訪れた。過去と現実が交錯する、芥川賞作家による初長篇にして代表作。

狐狸庵交遊録

遠藤周作　　40811-8

遠藤周作没後十年。類い希なる好奇心とユーモアで人々を笑いの渦に巻き込んだ狐狸庵先生。文壇関係のみならず、多彩な友人達とのエピソードを記した抱腹絶倒のエッセイ。阿川弘之氏との未発表往復書簡収録。

肌ざわり
尾辻克彦　40744-9

これは私小説？　それとも哲学？　父子家庭の日常を軽やかに描きながら、その視線はいつしか世界の裏側へ回りこむ……。赤瀬川原平が尾辻克彦の名で執筆した処女短篇集、ついに復活！　解説・坪内祐三

父が消えた
尾辻克彦　40745-6

父の遺骨を納める墓地を見に出かけた「私」の目に映るもの、頭をよぎることどもの間に、父の思い出が滑り込む……。芥川賞受賞作「父が消えた」など、初期作品５篇を収録した傑作短篇集。解説・夏石鈴子

東京ゲスト・ハウス
角田光代　40760-9

半年のアジア放浪から帰った僕は、あてもなく、旅で知り合った女性の一軒家を間借りする。そこはまるで旅の続きのゲスト・ハウスのような場所だった。旅の終りを探す、直木賞作家の青春小説。解説＝中上紀

ぼくとネモ号と彼女たち
角田光代　40780-7

中古で買った愛車「ネモ号」に乗って、当てもなく道を走るぼく。とりあえず、遠くへ行きたい。行き先は、乗せた女しだい――直木賞作家による青春ロード・ノベル。解説＝豊田道倫

ホームドラマ
新堂冬樹　40815-6

一見、幸せな家庭に潜む静かな狂気……。あの新堂冬樹が描き出す“最悪のホームドラマ”がついに文庫化。文庫版特別書き下ろし短篇「賢母」を収録！　解説＝永江朗

母の発達
笙野頼子　40577-3

娘の怨念によって殺されたお母さんは〈新種の母〉として、解体しながら、発達した。五十音の母として。空前絶後の着想で抱腹絶倒の世界をつくる、芥川賞作家の話題の超力作長篇小説。

きょうのできごと

柴崎友香　40711-1

この小さな惑星で、あなたはきょう、誰を想っていますか……。京都の夜に集まった男女が、ある一日に経験した、いくつかの小さな物語。行定勲監督による映画原作、ベストセラー!!

青空感傷ツアー

柴崎友香　40766-1

超美人でゴーマンな女ともだちと、彼女に言いなりな私。大阪→トルコ→四国→石垣島。抱腹絶倒、やがてせつない女二人の感傷旅行の行方は？映画「きょうのできごと」原作者の話題作。解説＝長嶋有

次の町まで、きみはどんな歌をうたうの?

柴崎友香　40786-9

幻の初期作品が待望の文庫化！　大阪発東京行。友人カップルのドライブに男二人がむりやり便乗。四人それぞれの思いを乗せた旅の行方は？ 切なく、歯痒い、心に残るロード・ラブ・ストーリー。解説＝綿矢りさ

ユルスナールの靴

須賀敦子　40552-0

デビュー後十年を待たずに惜しまれつつ逝った筆者の最後の著作。20世紀フランスを代表する文学者ユルスナールの軌跡に、自らを重ねて、文学と人生の光と影を鮮やかに綴る長編作品。

ラジオ　デイズ

鈴木清剛　40617-6

追い払うことも仲良くすることもできない男が、オレの六畳で暮らしている……。二人の男の短い共同生活を奇跡的なまでのみずみずしさで描き、たちまちベストセラーとなった第34回文藝賞受賞作！

サラダ記念日

俵万智　40249-9

〈「この味がいいね」と君が言ったから七月六日はサラダ記念日〉――日常の何げない一瞬を、新鮮な感覚と溢れる感性で綴った短歌集。生きることがうたうこと。従来の短歌のイメージを見事に一変させた傑作！

香具師の旅

田中小実昌　40716-6

東大に入りながら、駐留軍やストリップ小屋で仕事をしたり、テキヤになって北陸を旅するコミさん。その独特の語り口で世の中からはぐれてしまう人びとの生き方を描き出す傑作短篇集。直木賞受賞作収録。

ポロポロ

田中小実昌　40717-3

父の開いていた祈禱会では、みんなポロポロという言葉にならない祈りをさけんだり、つぶやいたりしていた——表題作「ポロポロ」の他、中国戦線での過酷な体験を描いた連作。谷崎潤一郎賞受賞作。

さよならを言うまえに　人生のことば292章

太宰治　40224-6

生れて、すみません——39歳で、みずから世を去った太宰治が、悔恨と希望、恍惚と不安の淵から、人生の断面を切りとった、煌く言葉のかずかず。テーマ別に編成された、太宰文学のエッセンス！

新・書を捨てよ、町へ出よう

寺山修司　40803-3

書物狂いの青年期に歌人として鮮烈なデビューを飾り、古今東西の書物に精通した著者が言葉と思想の再生のためにあえて時代と自己に向けて放った普遍的なアジテーション。エッセイスト・寺山修司の代表作。

枯木灘

中上健次　40002-0

自然に生きる人間の原型と向き合い、現実と物語のダイナミズムを現代に甦えらせた著者初の長篇小説。毎日出版文化賞と芸術選奨文部大臣新人賞に輝いた新文学世代の記念碑的な大作！

千年の愉楽

中上健次　40350-2

熊野の山々のせまる紀州南端の地を舞台に、高貴で不吉な血の宿命を分かつ若者たち——色事師、荒くれ、夜盗、ヤクザら——の生と死を、神話的世界を通し過去・現在・未来に自在に映しだす新しい物語文学！

無知の涙

永山則夫　40275-8

４人を射殺した少年は獄中で、本を貪り読み、字を学びながら、生れて初めてノートを綴った——自らを徹底的に問いつめつつ、世界と自己へ目を開いていくかつてない魂の軌跡として。従来の版に未収録分をすべて収録。

マリ&フィフィの虐殺ソングブック

中原昌也　40618-3

「これを読んだらもう死んでもいい」（清水アリカ）——刊行後、若い世代の圧倒的支持と旧世代の困惑に、世論を二分した、超前衛—アヴァンギャルド—バッド・ドリーム文学の誕生を告げる、話題の作品集。

子猫が読む乱暴者日記

中原昌也　40783-8

衝撃のデビュー作『マリ＆フィフィの虐殺ソングブック』と三島賞受賞作『あらゆる場所に花束が……』を繋ぐ、作家・中原昌也の本格的誕生と飛躍を記す決定的な作品集。無垢なる絶望が笑いと感動へ誘う！

リレキショ

中村航　40759-3

“姉さん”に拾われて“半沢良”になった僕。ある日届いた一通の招待状をきっかけに、いつもと少しだけ違う世界がひっそりと動き出す。第39回文藝賞受賞作。解説＝GOING UNDER GROUND 河野丈洋

夏休み

中村航　40801-9

吉田くんの家出がきっかけで訪れた二組のカップルの危機。僕らのひと夏の旅が辿り着いた場所は——キュートで爽やか、じんわり心にしみる物語。『100回泣くこと』の著者による超人気作がいよいよ文庫に！

黒冷水

羽田圭介　40765-4

兄の部屋を偏執的にアサる弟と、執拗に監視・報復する兄。出口を失い暴走する憎悪の「黒冷水」。兄弟間の果てしない確執に終わりはあるのか？史上最年少17歳・第40回文藝賞受賞作！　解説＝斎藤美奈子